AF461326

LES

PROPHÉTIES

PERPÉTUELLES.

LES

PROPHÉTIES

PERPÉTUELLES

TRÈS-CURIEUSES ET TRÈS-CERTAINES

QUI AURONT COURS JUSQU'A LA FIN DES SIÈCLES,

Faites en France en 1268

PAR THOMAS-JOSEPH MOULT

Natif de Naples, Astronome et Philosophe.

NOUVELLE ÉDITION

PUBLIÉE PAR CHARLES-JOSEPH MOULT

L'UN DE SES DESCENDANTS

suivie

DES PROPHÉTIES DE PYTHAGORAS

PARIS

PASSARD, LIBRAIRE-ÉDITEUR

7, RUE DES GRANDS-AUGUSTINS.

1867

CALENDRIER POUR 1868

PREMIER TRIMESTRE

JANVIER 1868

Les jours croissent de 1 h. 5 min.

1	mer.	CIRCONCISION.
2	jeu.	s Basile, év.
3	ven.	ste Geneviève.
4	sam.	s Rigobert.
5	D.	s Siméon.
6	lun.	EPIPHANIE.
7	mar.	s Théau.
8	mer.	s Lucien.
9	jeu.	s Furcy.
10	ven.	s Paul, erm.
11	sam.	s Théodose.
12	D.	s Arcade, m.
13	lun.	Bapt. de J.-C.
14	mar.	s Hilaire.
15	mer.	s Maur.
16	jeu.	s Guillaume.
17	ven.	s Antoine, ab.
18	sam.	Ch. s. P. à R.
19	D.	s Sulpice, év.
20	lun.	s Sébastien.
21	mar.	ste Agnès.
22	mer.	s Vincent, m.
23	jeu.	s Ildefonse.
24	ven.	s Babylas.
25	sam.	C. de s Paul.
26	D.	ste Paule.
27	lun.	ste Julienne.
28	mar.	s Charlemagne
29	mer.	s Franç. de S.
30	jeu.	ste Bathilde.
31	ven.	s Pierre Nol.

P. Q. le 3. P. L. le 9. D. Q. le 16. N. L. le 24.

FÉVRIER

Les jours croissent de 1 h. 36 min.

1	sam.	s Ignace.
2	D.	PURIFICATION.
3	lun.	s Blaise.
4	mar.	s Gilbert.
5	mer.	ste Agathe.
6	jeu.	s Waast.
7	ven.	s Romuald
8	sam.	s Jean de M.
9	D.	SEPTUAGESIME.
10	lun.	ste Scholastiq.
11	mar.	s Séverin.
12	mer.	ste Eulalie.
13	jeu.	s Lézin.
14	ven.	s Valentin.
15	sam	s Faustin.
16	D.	SEXAGÉSIME.
17	lun.	s. Théodule.
18	mar.	s Siméon.
19	mer.	s Gabriel.
20	jeu.	s Eucher.
21	ven.	s Pepin.
22	sam.	ste Isabelle.
23	D.	QUINQUAGÉSIME.
24	lun.	s. Mérault.
25	mar.	MARDI-GRAS.
26	mer.	LES CENDRES.
27	jeu.	s Alexis.
28	ven.	s Léandre.
29	sam.	s Romain.

N. d'Or 6. Ep. 25 C. s. 28. I. r. 10. Let. D. F.

P. Q. le 1 P. L. 8. D Q. lel .o23.5. 1 N.L

MARS

Les jours croissent de 1 h. 51 min.

1	D.	QUADRAGÉSIME.
2	lun.	s Simplice.
3	mar.	ste Cunégonde.
4	mer.	s Casimir. 4 T
5	jeu.	s. Adrien.
6	ven.	ste Colette. 4 T.
7	sam.	s Thom.-d'A. 4 T
8	D.	REMINISCERE.
9	lun.	ste Françoise.
10	mar.	s Blanchard.
11	mer.	40 martyrs
12	jeu.	s Pol, év. 4 T.
13	ven.	ste Euphras.
14	sam.	s. Longin.
15	D.	OCULI.
16	lun.	ste Gertrude.
17	mar.	s. Abraham.
18	mer.	s. Alexandre.
19	jeu.	s. Joseph.
20	ven	s. Guthbert.
21	sam.	s. Benoit.
22	D.	LETARE.
23	lun.	s. Léo.
24	mar.	s. Simon.
25	mer.	ANNONCIATION.
26	jeu.	s Ludger.
27	ven.	s Rupert.
28	sam.	s Gontran.
29	D.	LA PASSION.
30	lun.	s Rieule.
31	mar.	ste Balbine.

P. Q. le 2. P. L. 8. D. Q. le 16 N. L. le 24. P. Q. le 31.

Le Printemps commence le 20 mars à 7 heures 53 minutes du matin.

CALENDRIER POUR 1868

DEUXIÈME TRIMESTRE

AVRIL

Les jours croissent de 1 h. 42 min.

1	mer.	s Hugues.
2	jeu.	s Richard.
3	ven.	s Elphège.
4	sam.	s Ambroise.
5	D.	Les Rameaux.
6	lun.	s Hégésippe.
7	mar.	s Clotaire.
8	mer.	s Edèze.
9	jeu.	ste Azélie.
10	ven.	Vendredi Saint.
11	sam.	ste Godeberte.
12	D.	PAQUES.
13	lun.	s Justin.
14	mar	s Tiburce.
15	mer.	s Paterne.
16	jeu.	s Anicet.
17	ven.	s Parfait.
18	sam.	s Léon.
19	D.	Quasimodo.
20	lun.	ste Emma.
21	mar.	s Anselme.
22	mer.	ste Opportune.
23	jeu.	s Georges.
24	ven.	s Robert.
25	sam.	s Marc, évang.
26	D.	s Clet.
27	lun.	s Anthime.
28	mar.	s Vital.
29	mer.	s Robert.
30	jeu.	s Eutrope.

P. L. le 7. D. Q. le 14.
N. L. le 22. P. Q. le 22.

MAI

Les jours croissent de 1 h. 18 min.

1	ven.	s Jac. et s. Ph.
2	sam.	s Athanase.
3	D.	*Inv. Ste Cr.*
4	lun.	ste Monique.
5	mar.	s Pie.
6	mer.	s Jean P. L.
7	jeu.	s Stanislas.
8	ven.	s Désiré.
9	sam.	s Grégoire.
10	D.	s Mamert.
11	lun.	s Porphyre.
12	mar.	s Servais.
13	mer.	s Erambert.
14	jeu.	s Isidore, év.
15	ven.	s Honoré.
16	sam.	s Pascal.
17	D.	s Pascal.
18	lun.	Rogations.
19	mar.	ste Virginie.
20	mer.	ste Julie.
21	jeu.	ASCENSION.
22	ven.	ste Jeanne.
23	sam.	s Urbain.
24	D.	s Philippe de N.
25	lun.	s Germain.
26	mar.	s Quadrat.
27	mer	s Maximin.
28	jeu.	ste Emilie.
29	ven.	s Hildevert.
30	sam.	s. Félix. *V. J.*
31	D.	Pentecôte.

P. L.. le 6. D. Q. le 14.
N. L. le 22. P. Q. le 28.

JUIN

Les j. cr. de 19 m. d au 21, déc. 4 m. 24 au

1	lun.	s Thierri.
2	mar.	s Pothin.
3	mer.	ste Clotilde.
4	jeu.	s Quirin.
5	ven.	s Boniface.
6	sam.	s Claude, év.
7	D.	TRINITÉ.
8	lun.	s Médard.
9	mar.	ste Pélagie.
10	mer.	s Landry.
11	jeu.	FÊTE-DIEU.
12	ven.	s Basilide.
13	sam.	s Antoine de
14	D.	s Ruffin.
15	lun.	s Modeste.
16	mar.	s. Cyr.
17	mer.	s Adolphe.
18	jeu.	ste Marine.
19	ven.	ss Gerv., Pr
20	sam.	s. Sylvère.
21	D.	s Leufroi.
22	lun.	s Alban.
23	mar	s Félix. *V.*
24	mer.	s Jean-Bapti
25	jeu.	s Prosper.
26	ven.	s Babolein.
27	sam.	s Crescent.
28	D.	s Irénée. *V.*
29	lun.	s Pier., s. P
30	mar.	Comm. s Pau

P. L. le 5. D. Q. le
N. L. le 20. P. Q. le

L'Été commence le 21 juin à 4 heures 18 minutes du matin.

CALENDRIER POUR 1868

TROISIÈME TRIMESTRE

JUILLET			AOUT			SEPTEMBRE		
Les jours décroissent de 1 heure.			Les jours décroissent de 1 h. 38 min.			Les jours décroissent de 1 h. 45 min.		
1	mer.	s Martial.	1	sam.	s Pierre ès-liens	1	mar.	s Leu, s. Gilles.
2	jeu.	*Visitat. N.-D.*	2	D.	s Etienne.	2	mer.	s Lazare.
3	ven.	s Anatole.	3	lun	Inv. s. Etienne.	3	jeu.	s Grégoire.
4	sam.	Tr. S. Martin.	4	mar.	s Dominique.	4	ven.	ste Rosalie.
5	D.	s Zoé.	5	mer.	s Yon, m.	5	sam.	s Bertin.
6	lun.	s Tranquillin.	6	jeu.	Trans. de J.-C.	6	D.	s Onésippe.
7	mar	s Aubierge.	7	ven.	s Gaëtan.	7	lun.	s Cloud.
8	mer.	ste Priscille.	8	sam.	s Justin. *V. J.*	8	mar.	NAT. de N.-D.
9	jeu.	ste Véronique.	9	D.	s Spire.	9	mer.	s Omer.
10	ven.	ste Félicité.	10	lun.	s Laurent.	10	jeu.	ste Pulchérie.
11	sam.	Tr. s Benoit.	11	mar.	S. la Se Cour.	11	ven	s Patient.
12	D.	s Gualbert.	12	mer.	ste Claire.	12	sam.	s Cerdot.
13	lun.	s Turiaf.	13	jeu.	s Hippolyte.	13	D.	s Aimé.
14	mar.	s Bonaventure.	14	ven.	s Eusèbe. *V. J.*	14	lun.	Ex. de la S.-C.
15	mer.	s *Henri*.	15	sam	ASSOMP. *NAP.*	15	mar.	s Nicomède.
16	jeu	N.-D. Carm.	16	D.	s Roch.	16	mer.	s Cyprien. *4 T.*
17	ven.	s Alexis.	17	lun.	s Mammès.	17	jeu.	s Lambert.
18	sam.	s Clair.	18	mar	ste Hélène.	18	ven.	s Jean Chr. *4 T.*
19	D.	s Vinc. de P.	19	mer.	s Louis, év.	19	sam.	s Janvier. *4 T.*
20	lun.	ste Marguerite.	20	jeu.	s Bernard.	20	D.	s Eustache.
21	mar.	s Victor, mart.	21	ven.	s. Privat.	21	lun.	s Matthieu. *V. J.*
22	mer.	ste Madeleine.	22	sam	s Symphorien.	22	mar.	s Maurice.
23	jeu.	s Apollinaire.	23	D.	s Sidoine.	23	mer.	ste Thècle.
24	ven	ste Christine.	24	lun.	s Barthélemy.	24	jeu.	s Andoche.
25	sam	s Jacq. le Maj.	25	mar.	s Louis, roi.	25	ven.	s Firmin.
26	D.	Tr. s Marcel.	26	mer	s Zéphirin.	26	sam.	ste Justine.
27	lun.	s Pantaléon.	27	jeu.	s Césaire.	27	D.	s Come, s. D.
28	mar.	ste Anne.	28	ven.	s Augustin.	28	lun.	s Céran.
29	mer.	ste Marthe.	29	sam.	Déc. st J.-B.	29	mar.	s Michel, arch.
30	jeu.	s Abdon.	30	D.	s Fiacre.	30	mer.	s Jérôme.
31	ven.	s Germain l'A.	31	lun.	s Ovide.			
P. L. 4. D. Q. 13. N. L. 19. P. Q. le 26.			P. L. le 3. D. Q. le 11. N. L. le 18. P. Q. le 25.			P. L. le 2. D. Q. le 9. N. L. le 16. P. Q. le 23		

L'Automne commence le 22 septembre à 6 heures 40 minutes du soir.

CALENDRIER POUR 1868

QUATRIÈME TRIMESTRE

OCTOBRE

Les jours décroissent de 1 h. 47 min.

1	jeu.	s Remy.
2	ven.	SS Anges. G.
3	sam.	s Denis l'A.
4	D.	s Franç. d'Ass.
5	lun.	s Aure.
6	mar.	s Bruno.
7	mer.	s Serge, s B.
8	jeu.	ste Thaïs.
9	ven.	s Denis, év.
10	sam.	s Géréon.
11	D.	s Venant.
12	lun.	s Wilfrid.
13	mar.	s Edouard.
14	mer.	s Caliste.
15	jeu.	ste Thérèse.
16	ven.	s Léopold.
17	sam.	s Cerbon.
18	D.	s Luc, évang.
19	lun.	s Savinien.
20	mar.	s Sendon.
21	mer.	s Ursule.
22	jeu.	s Mellon.
23	ven.	s Hilarion.
24	sam.	s Magloire.
25	D.	s Crép. et Cr.
26	lun.	s Rustique.
27	mar.	s Frumence. V J
28	mer.	s Simon, s Jud.
29	jeu.	s Faron, év.
30	ven.	s Lucain.
31	sam.	s Quentin. V. J.

P. L. 1. D. Q. 9. N. L. 15

P. Q. le 23. P. L. le 31.

NOVEMBRE

Les jours décroissent de 1 h. 21 min.

1	D.	TOUSSAINT.
2	lun.	*Les Morts.*
3	mar.	s Marcel.
4	mer.	s Charl. Borr.
5	jeu.	ste Bertilde.
6	ven.	s Léonard.
7	sam.	s Willbrod.
8	D.	stes reliques.
9	lun.	s Mathurin.
10	mar.	s Léon.
11	mer.	s Martin.
12	jeu.	s René
13	ven.	s Brice.
14	sam.	s Achille.
15	D.	ste Eugénie.
16	lun.	s Eucher.
17	mar.	s Aignan.
18	mer.	ste Aude.
19	jeu.	ste Elisabeth.
20	ven.	s Edmond
21	sam.	Présent. N.-D.
22	D	ste Cécile.
23	lun.	s Clément.
24	mar.	ste Flore.
25	mer.	ste Catherine.
26	jeu.	ste Geneviève.
27	ven.	s Sosthène.
28	sam.	s Severin.
29	D.	AVENT.
30	lun.	s André, ap.

D. Q. le 7. N. L. le 14.

P. Q. le 22. P. L. le 30.

DÉCEMBRE

Les j. déc. 27 m. 4 au: crois. 4 m. du 21 au 3

1	mar.	s Eloi.
2	mer.	s Franç. X.
3	jeu.	ste Mirocle.
4	ven.	ste Barbe. J
5	sam.	s Sabas. a.
6	D.	s Nicolas.
7	lun.	ste Fare.
8	mar.	CONCEPTION
9	mer.	ste Léocadie.
10	jeu.	ste Valère.
11	ven.	s Fuscien. J.
12	sam.	s Damase J.
13	D.	ste Luce.
14	lun.	s Nicaise
15	mar.	s Mesmin.
16	mer.	steAdélaïde.4
17	jeu.	ste Olympiad
18	ven.	s Gatien. 4T.
19	sam.	s Meurice, 4
20	D.	s Philogone.
21	lun.	s Thom. ap.
22	mar.	s Honorat.
23	mer.	ste Victoire.
24	jeu.	s Yves, V. J.
25	ven.	NOEL.
26	sam.	s Etienne, m.
27	D.	s Jean, évang
28	lun.	saints Innoc.
29	mar.	s Thomas C.
30	mer.	ste Colombe.
31	jeu.	s Sylvestre.

D. Q. le 6. N. L. le 4

P. Q. le 22. P. L. le

L'Hiver commence le 21 décembre à 0 heures 37 minutes du soir.

INSTRUCTION

POUR L'INTELLIGENCE DE CE VOLUME.

Comme on pourrait ne pas s'expliquer comment on doit comprendre la colonne de chiffres qui se trouve tantôt à droite, tantôt à gauche de chaque page, nous avons cru devoir mettre sous les yeux du lecteur les instructions qui vont suivre.

Toutes les prédictions qui se trouvent dans une même page se rapportant à chacune des années qui figurent dans la colonne de chiffres on devra lire comme si la composition était établie ainsi : pour la page 4.

FER

est le premier nombre solaire qui aura cours,

Pour l'an........................ 1269
— 1297
— 1325
— 1353
— 1381
— 1409
— 1437
— 1465
— 1493

Prédictions générales.

En cette année le printemps sera beau et profitable à tous les biens terriers. Les vignes et les blés auront, etc., etc.

C'est ainsi qu'ont été établies les précédentes éditions, mais nous avons pensé qu'il était préférable de supprimer les mots si fréquemment répétés *pour l'an* et de faire remonter les prédictions immédiatement à la hauteur des chiffres, afin de combler le vide disgracieux laissé par les points de conduite qu'on était obligé de mettre entre ces mots et les chiffres.

Nous avons également cru devoir établir ces colonnes de chiffres à droite pour le recto et à gauche pour le verso, afin qu'elles tombassent l'une sur l'autre ou fussent en regard l'une de l'autre ; ainsi, on lira page 5 en tête de la colonne, 1269, page 6, 1270, page 7, 1271 et ainsi de suite jusqu'à la page 32 où on lit 1296, puis on reviendra page 5, à la ligne suivante où on lit 1297, qui recommence une nouvelle série.

Charles-Joseph Moult,
descendant de Thomas-Joseph Moult.

PRÉFACE DE L'AUTEUR AU LECTEUR.

RÉFLEXION SUR LA NATURE DE CE LIVRE.

Les prédictions que je donne au public, et principalement celles qui regardent l'abondance ou la disette des blés et des vins, compris sous chaque nombre solaire, doivent être le seul et unique objet qui doit intéresser mon lecteur. C'est aussi le premier mobile de cet ouvrage : elles sont fondées sur les règles les plus immuables et les plus certaines de l'astronomie. J'avoue que je ne cherche point à divertir le public par des prédictions amusantes et agréables, mais l'utile et le nécessaire à la vie de l'homme doivent être préférés. Ces prédictions générales et climatériques doivent arriver pendant le cours de chacune des neuf années comprises sous chaque nombre solaire, et quant à mes prédictions particulières insérées ensuite des générales, sous le même nombre solaire, je laisse à mon lecteur le soin d'observer les années qu'elles doivent arriver, et de faire ses remarques.

PROPHÉTIES PERPÉTUELLES

DE JOSEPH MOULT

NATIF DE NAPLES, ASTRONOME ET PHILOSOPHE.

Au nom du Père, et du Fils, et du Saint-Esprit.

Qui commence bien, finit bien, dit le philosophe.

Pour l'intelligence du présent livre, il faut savoir que notre matière et nos œuvres sont déterminés.

Le soleil qui est au centre ou au milieu du monde, et qui est un milion de fois plus gros que la terre, fait son tour par vingt-huit nombres qui contiennent vingt-huit années.

Savoir : *Fer*, *Quar*, *Jur*, *Cor*, *Amat*, *Genus*, *Fenor*, *Gemini*, *Continuo*. *Bise*, *Aries*, *Genor*, *Est-Est*, *d'Est*, *Cordé*, *Bour*, *Gener*, *Fenus*, *Grossus*, *Dicat*, *Vau*, *Aqua*, *Goner*, *Fenel*, *Cur*, *Garitier*, *Beus* et *Ador*.

Il faut noter que le soleil met un an entier à faire son tour parmi les douze signes, qui sont, savoir : *Aries*, *Taurus*, *Gemini*, *Cancer*, *Leo*, *Virgo*, *Libra*, *Scorpius*, *Sagittarius*, *Capricornus*, *Aquarius*, et *Pisces*.

Voilà les douze signes par lesquels le soleil fait son tour pendant l'espace de douze mois, qui sont établis et divisés, et qui se terminent à la date du printemps.

Il est nécessaire de remarquer que le printemps,

qui est la première saison de l'année, commence quand le soleil entre au signe d'*Aries*, qui est le 21 mars, et qui finit le 21 juin, surpassant *Taurus et Gemini.*

L'été commence quand le soleil entre au signe du *Cancer*, qui est environ le 21 juin, et finit le 20 septembre, surpassant *Leo et Virgo.*

L'automne commence quand le soleil entre au signe de *Libra*, qui est environ le 21 septembre, et finit le 21 décembre, surpassant *Scorpius et Sagittarius.*

Et l'hiver commence quand le soleil entre au signe du *Capricorne,* qui est environ le 21 décembre, et surpasse *Aquarius et Pisces,* et finit le 20 mars.

Et lorsque le soleil a surpassé les douze signes, c'est quand il a fait son tour autour de la terre. Ainsi l'année commence son tour quand le soleil entre en *Aries*, qui est environ la mi-mars, et le commencement du printemps, et premièrement quand *Fer* fait son tour, qui est le premier nombre solaire, et la première année qui a eu cours l'an 1269, et les autres années comprises sous ce même nombre solaire, que je déclare être véritable, suivant toutes les règles astronomiques, et l'étude consommée que j'en ai faite pendant quarante-cinq ans et plus.

Toutes choses terriennes sont muables, dit le philosophe : et Dieu le sait.

Tout ce qui est esprit, ne peut être divisé, et ne peut périr, c'est la base et le fondement de ce grand ouvrage.

Gloire soit au Père, au Fils, et au Saint-Esprit, dans tous les siècles des siècles. Amen.

PROPHÉTIES PERPÉTUELLES.

LIVRE PREMIER.

FER,

est le premier nombre solaire qui aura cours pour les années.................

PRÉDICTIONS GÉNÉRALES.

En cette année le printemps sera beau et 1269
profitable à tous les biens terriens. 1297
Les vignes et les blés auront un bon com- 1325
mencement en fleurissant. 1353
L'été sera moite et mal profitable aux biens 1381
de la terre, et sera tardif. 1409
L'automne sera froide et tardive. 1437
L'hiver sera froid et pluvieux au commen- 1465
cement, et sera sec et froid sur la fin. 1493

Les blés seront bons et il fera bon les garder de même que les seigles, et ils se vendront bien.

Les vendanges seront bonnes et assez plantureuses et les vins auront bonne vente.

Prédictions particulières.

Grands tremblements de terre.

Déclaration de guerre entre plusieurs princes chrétiens.

QUAR,

est le second nombre solaire qui aura cours pour
.... les années

•

•

PRÉDICTIONS GÉNÉRALES.

•

1270 En cette année le printemps sera bon et
1298 profitable à tous les biens terriens.
1326 L'été sera profitable, et il y aura de gran-
1354 des chaleurs.
1382 L'automne sera moite et venteuse.
1410 L'hiver sera long et sec, et il y aura de
1438 grandes gelées et beaucoup de neiges jus-
1466 qu'à la fin de janvier que le dégel viendra
1494 avec abondance d'eau.

Il sera recueilli du grain raisonnablement, et il sera assez cher.

Les vendanges seront bonnes en peu de pays, et il fera bon garder et acheter du vin, car il se vendra bien, et fera grand profit.

Mort d'un saint homme roi.
Grand traité d'alliance.

JUR,

est le troisième nombre solaire qui aura cours pour les années..................

PRÉDICTIONS GÉNÉRALES.

En cette année le printemps sera venteux, 1271
froid, et mal profitable à plusieurs choses. 1299
L'été sera propre à tous biens, et sera 1327
assez chaud. 1355
L'automne sera humide jusqu'au milieu, 1383
le reste sera assez beau. 1411
L'hiver sera long et supportable. 1439
Le blé sera cher et bien requis au commen- 1467
cement de l'année qui entre en la mi-mars. 1495

Les vendanges seront bonnes en peu de pays, et il fera bon acheter des vins qui puissent se garder longtemps, et ceux qui en achèteront et garderont, feront bien leur profit.

Les grains enrichiront tous ceux qui pourront les garder jusqu'à l'année suivante.

Prédictions particulières.

La paix entre les princes chrétiens.

Couronne fermée.

COR,

est le quatrième nombre solaire qui aura cours .... pour les années

PRÉDICTIONS GÉNÉRALES.

1272 Le printemps, cette année, sera froid et
1300 peu profitable.
1328 L'été sera moite et contraire à toutes cho-
1356 ses, qui signifieront que les blés auront mau-
1384 vaise venue.
1412 L'automne sera froid et moite, et feera
1440 mauvaise allure.
1468 L'hiver il fera de grands froids.
1496 Mais en cette année les blés et autres
grains seront de petite venue : qui les pourra garder, fera grand profit.

Il fera bon acheter du vin en été, car il augmentera de prix, par la mauvaise venue qu'il aura en vendange, et il sera bien cher et bien requis : la misère du temps et de la saison sera cause que l'on en fera peu quoique les vignes aient eu belle apparence au commencement.

Prédictions particulières.

L'Eglise, notre mère, accordera de grandes indulgences.

Grande trahison découverte.

Un grand prince montera sur le trône.

AMAT,

est le cinquième nombre solaire qui aura cours pour les années...............

PRÉDICTIONS GÉNÉRALES.

Le printemps, cette année, sera pluvieux 1273
et venteux. Je ne parlerai point de l'été. 1301
L'automne sera sèche et bonne jusqu'à 1329
la fin. 1357
L'hiver sera doux et moite. 1385
Il fera bien du froment, peu de seigle ; les 1413
blés seront fort chers jusqu'à la récolte, ce 1441
sera grande pitié. 1469
Les bons vins seront grandement chers et 1497
requis, mais ils diminueront de prix en vendanges, de même que toutes les autres denrées, ce qui signifiera un bon temps : il fera mauvais acheter du vin pour le garder ; car on ne le vendra pas, à cause que les gens du métier seront pauvres, et l'argent fort rare en bien des États de la chrétienté.

Prédictions particulières.

Grand démêlé d'un roi avec notre Saint-père le pape.

Institution d'un grand ordre de chevalerie dans un grand royaume.

Découverte faite par une nation glorieuse, d'un pays très-riche et très-abondant.

GENUS,

est le sixième nombre solaire qui aura cours pour
.... les années

PRÉDICTIONS GÉNÉRALES.

1274 En cette année, le printemps sera doux et
1302 agréable, et les blés auront bonne venue.
1330 L'été sera sec et chaud.
1358 L'automne sera bien tempérée et profitable
1386 aux biens de la terre qu'on ensemencera, ils
1414 auront un bon commencement.
1442 L'hiver sera assez variable.
1470 Il y aura beaucoup de blé en tous pays, il
1498 sera à bon marché après l'août. Les vendanges seront bonnes et plantureuses en beaucoup de pays ; ce qui fera que le vin sera à bas prix.

En hiver il fera bon acheter avoine et froment, et les mettre au grenier.

Prédictions particulières.

Naissance d'un grand prince.

Grand établissement dans un beau royaume de la chrétienté.

Fameuse opération sur le corps humain.

Un grand prince montera sur le trône.

FENOR,

est le septième nombre solaire qui aura cours pour
les années..................

.

PRÉDICTIONS GÉNÉRALES. .

.

La présente année sera semblable au pre- 1275
mier nombre solaire, encore plus mauvaise. 1303
Au printemps il fera bon acheter avoine, 1331
car la plus grande cherté y sera. 1359
Les blés et les seigles seront grandement 1387
chers ; et ceux qui en pourront garder jus- 1415
qu'en hiver, feront grand profit. 1443
Car l'été sera si moite qu'on ne pourra re- 1471
cueillir ni seigles ni blés. 1499

Ceux qui achèteront de bon vin, qui le pourront garder, feront grand profit, dit l'auteur : Que le denier fera quatre mailles ; car l'automne sera si fâcheuse que les vignes et raisins ne pourront mûrir.

A la fin de janvier les neiges se fondront, et feront de grandes eaux qui porteront beaucoup de dommages en différents endroits et pays.

Prédiction particulière.

Grande guerre entre les princes chrétiens.

GEMINI,

est le huitième nombre solaire qui aura cours pour
.... l'année

PRÉDICTIONS GÉNÉRALES.

1276 En cette année le printemps sera bon,
1304 bien tempéré, et profitable à tous biens
1332 terriens.
1360 L'été sera beau, ni trop chaud ni trop
1388 froid.
1416 L'automne sera moite et venteuse.
1444 L'hiver ne sera pas bien froid.
1472 Ceux qui auront du grain, qu'ils le ven-
1500 dent, car les grains auront bonne venue cette
année, et seront à bon marché.

Ceux qui auront du vin, qu'ils le vendent également au commencement du printemps, car les vendanges foisonneront bien.

Cette année les peuples se réjouiront bien, la récolte étant abondante, le commerce soutenu, et l'argent fort commun en beaucoup de pays.

Prédictions particulières.

La paix entre les princes de la chrétienté.

Belles prières ordonnées par un grand roi.

CONTINUO,

est le neuvième nombre solaire qui aura cours pour les années..................

.

PRÉDICTIONS GÉNÉRALES. .

.

En cette année le printemps sera froid et 1277
nuisible aux biens de la terre. 1305
L'été sera venteux et extraordinairement 1333
pluvieux. 1361
L'automne sera moite et peu stable pour 1389
les vents. 1417
La saison d'hiver sera moite, froide et nui- 1445
sible à la santé. 1473
Au commencement du printemps le blé 1501
sera cher et se vendra bien jusqu'aux moissons qu'il diminuera ; car les blés seront beaux et bons, et gerberont bien; mais ils seront difficiles à resserrer, à cause des pluies continuelles.

Les vendanges, cette année, seront abondantes et foisonneront bien; mais le vin aura peu de qualité.

Prédictions particulières.

Beau gouvernement dans un royaume.

Sous une règle particulière, un tiers ordre religieux se formera dans un grand royaume.

BISE,

est le dixième nombre solaire qui aura cours pour .... les années

•

•

PRÉDICTIONS GÉNÉRALES.

•

1278 Le printemps, cette année, sera pluvieux
1306 jusqu'à la mi-avril, après il sera venteux.
1334 L'été sera chaud, avec tonnerre, éclairs et
1362 pluies. Cette année sera pestilentielle, à cause
1390 des grandes chaleurs de l'été. Les blés seront
1418 bons et de bonne venue, et seront à prix
1446 raisonnable pour le maître et le fermier.
1474 L'automne sera moite.
1502 La vendange sera bonne, mais elle ne sera pas plantureuse, les bons vins seront chers et requis.

L'hiver sera froid et de longue durée, il causera beaucoup de mortalité, et fera souffrir les pauvres.

Prédictions particulières.

Grand tremblement de terre.

Le commerce fixera l'attention de toutes les puissances de l'Europe.

Un miracle évident et certain arrivera dans une grande ville d'un royaume.

ARIES,

est le onzième nombre solaire qui aura cours pour les années..................

PRÉDICTIONS GÉNÉRALES.

Le printemps, cette année, sera froid et de 1279
longue durée jusqu'en mai. 1307
L'été sera sec et chaud avec tonnerre et 1335
éclairs. 1363
L'automne sera chaude et fort belle. 1391
L'hiver sera froid, et fera de grandes 1419
neiges. 1447
Il y aura abondance de blés en tous pays 1475
et beaucoup de fruits. 1503

Les vendanges seront bonnes en tous pays.

En cette année, sera le siècle bien en paix en toute la chrétienté, et il y aura bon marché de blé et de vin qui réjouira tout le peuple.

Prédictions particulières.

La naissance d'un grand prince causera bien de la joie dans un royaume.

La paix générale régnera dans toute la chrétienté.

GENOR,

est le douzième nombre solaire qui aura cours pour .... les années

PRÉDICTIONS GÉNÉRALES.

1280 En cette année, qui est semblable et égale
1308 à l'année quand *Genus* fit son tour, qui est
1336 le sixième nombre solaire,
1364 Le printemps sera doux et beau.
1392 L'été sera sec et chaud.
1420 L'automne sera bien tempérée et profi-
1448 table aux biens de la terre qu'on ensemen-
1476 cera, et ils auront bonne venue.
1504 Il y aura beaucoup de blés en tous pays, et
il sera à bon marché.

Après l'août les vendanges seront bonnes et plantureuses en beaucoup de pays, ce qui fera que le vin sera à bon marché, ce dont tout le peuple chrétien doit louer Dieu.

Prédictions particulières.

Tremblement de terre dans la capitale d'un grand royaume.

Sous la règle d'un grand saint il se formera une communauté d'hommes.

Les desseins d'un grand prince s'accompliront au grand contentement de ses peuples.

EST-EST,

est le treizième nombre solaire qui aura cours pour les années..................

PRÉDICTIONS GÉNÉRALES.

Le printemps, cette année, sera moite et 1281
chaud. 1309
L'été sera humide au commencement, le 1337
milieu et la fin très-chauds. 1365
L'automne sera assez belle. 1393
L'hiver sera fâcheux. 1421
Tous les biens terriens de cette année, 1449
dont les peuples de ce siècle sont soutenus, 1477
seront à bon marché au commencement en 1505
tous pays ; mais après l'hiver ils seront chers.

Tous ceux qui se fourniront de blé, de seigle et de bon vin au commencement de cette année, feront grand profit ; mais c'est folie de les garder quand la cherté y est.

Toutes choses terriennes sont muables, dit le philosophe, et Dieu le sait.

Prédiction particulière.

Grande guerre entre les princes chrétiens.

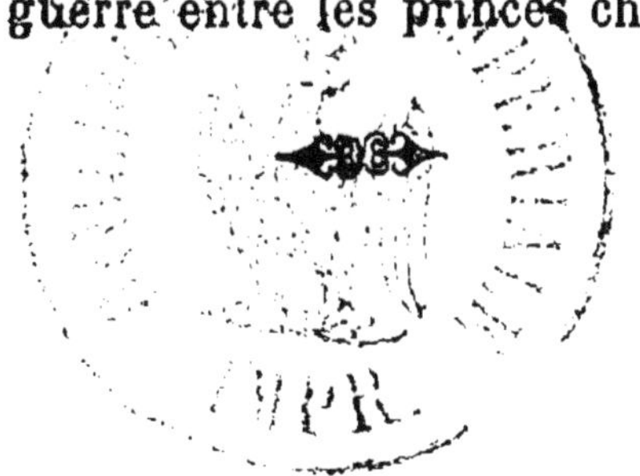

D'EST,

est le quatorzième nombre solaire qui aura cours .... pour les années

PRÉDICTIONS GÉNÉRALES.

1282 Le printemps, cette année, sera fort hâtif
1310 à tous biens à venir.
1338 L'été sera chaud, et donnera de grandes
1366 pluies.
1394 L'automne sera humide, moite et con-
1422 traire aux semences, qui seront difficiles à
1450 faire.
1478 L'hiver sera grand et froid, et il y aura
1506 de grandes gelées jusqu'à la fin.

Au commencement de cette année, qui sera la mi-mars, seront toutes semences constantes et bien requises. Ceux qui auront avoine et autres menus grains, s'ils les vendent au mois de mars, feront leur profit.

Les blés multiplieront en été, et il y aura perte à les garder. Ceux qui auront du vin l'été, qu'ils le vendent ; car il se vendra mieux en cette saison qu'après la récolte des vendanges.

Prédictions particulières.

Massacre d'une nation belliqueuse.
Grandes inventions d'armes pour la guerre.

CORDÉ,

est le quinzième nombre solaire qui aura cours dans les années...............

PRÉDICTIONS GÉNÉRALES.

Cette année, le printemps sera sec, froid 1283
et amer à tous les arbres et biens terriens, 1311
qui auront petit commencement jusqu'au 1339
mois de juin, lequel sera orageux et plu- 1367
vieux jusqu'à la mi-août, ce qui retardera la 1395
récolte. 1423

L'automne sera moite et venteuse, et peu 1451
favorable pour les semences. 1479

L'hiver sera bien tempéré, et il y aura 1507
de grands froids.

Les blés seront chers jusqu'en août.

Les vendanges seront tardives ; mais il y aura en tous pays beaucoup de vin.

A la fin de cette année les grains diminueront de prix.

Prédictions particulières.

La paix entre les princes chrétiens.

Entreprises et événements surprenants.

BOUR,

est le seizième nombre solaire qui aura cours pour
.... les années

PRÉDICTIONS GÉNÉRALES.

1284 En cette année le printemps sera pluvieux
1312 jusqu'à la mi-avril, il sera venteux ensuite.
1340 L'été sera chaud, avec tonnerre, éclairs et
1368 pluies
1396 Cette année sera pestilentielle, à cause des
1424 grandes chaleurs de l'été.
1452 Les blés seront bons et de bonne venue.
1480 La vendange sera bonne, mais elle ne se-
1508 ra pas plantureuse.

L'hiver sera froid et de longue durée.

En sorte que cette année se trouve semblable à celle de *Bise*, qui est sous le dixième nombre solaire, et fait ainsi son tour. Qui ne le sait, qu'il l'apprenne : Dieu le veut, et je promets là-dessus être nommé philosophe certain.

Prédictions particulières.

Le souverain d'un grand pays prendra le titre de roi.

GENER,

est le dix-septième nombre solaire qui aura cours
pour les années................

.

PRÉDICTIONS GÉNÉRALES. .

.

Le commencement du printemps, cette an- 1285
née, sera pluvieux, et sa fin venteuse. 1313
L'été sera moite, avec tonnerre, éclairs, et 1341
sera fort chaud. 1369
L'automne sera belle et agréable. 1397
L'hiver sera froid et peu supportable pour 1425
les pauvres qui souffriront beaucoup. 1453
Les blés seront bons et de bonne qualité. 1481
La vendange sera bonne, mais elle ne sera 1509
pas abondante.

Ceux qui seront fournis de blés et autres grains, et de vin, feront grand profit de les vendre dans les temps ordinaires de la vente.

Prédiction particulière.

Grand traité d'alliance entre une couronne et des États voisins.

FENUS,

est le dix-huitième nombre solaire qui aura cours .... pour les années

PRÉDICTIONS GÉNÉRALES.

1286 Cette année, le printemps sera peu agréa-
1314 ble, car il sera venteux et pluvieux.
1342 L'été sera chaud, et il y aura des ton-
1370 nerres et de grands éclairs, avec pluies.
1398 L'automne sera moite et incommode.
1426 L'hiver sera froid et de longue durée.
1454 Cette année les blés et les vins seront de
1482 bonne qualité; mais il ne faudra pas les
1510 garder, et ils se vendront bien.

Prédictions particulières.

Grands impôts établis dans un des beaux royaumes de la chrétienté.

Un prince montera sur le trône.

Le commerce, dans un grand État, lui sera intéressant.

GROSSUS,

est le dix-neuvième nombre solaire qui aura cours pour les années................

PRÉDICTIONS GÉNÉRALES.

En cette année, le printemps sera bon et 1287
agréable. 1315
L'été sera profitable à tous biens. 1343
L'automne sera moite et venteuse. 1371
L'hiver sera long et sec; il y aura de 1399
grandes gelees et de grandes neiges jusqu'à 1427
la fin de janvier, où le dégel viendra avec 1455
abondance d'eau. 1483
Il y aura du grain raisonnablement, et il 1511
sera assez cher.

Les vendanges seront bonnes en peu de pays : il fera bon garder et acheter du vin, car il se vendra bien et fera grand profit, en sorte que cette année est semblable à celle du second nombre solaire, et le sera jusqu'à la fin du monde.

Prédictions particulières.

Dans un grand royaume la roture sera anoblie.

Plusieurs cantons s'uniront et formeront une république considérable.

DICAT,

est le vingtième nombre solaire qui aura cours pour .... les années

PRÉDICTIONS GÉNÉRALES.

1288 Le printemps sera froid, venteux et mal
1316 profitable à plusieurs choses, semblable au
1344 troisième nombre solaire.
1372 L'été sera profitable à tous biens terriens,
1400 et sera assez chaud.
1428 L'automne sera humide jusqu'au milieu,
1456 et le reste passablement beau.
1484 L'hiver sera long, et il y aura de grandes
1512 gelées.

Le blé sera cher et bien requis au commencement de l'année qui entre en la mi-mars.

Les vendanges seront bonnes en peu de pays, et il fera bon acheter des vins qui se puissent garder longtemps, et ceux qui en achèteront et garderont feront un profit immense.

Les grains feront grand profit à ceux qui en achèteront et pourront les garder jusqu'à l'année suivante; car ils viendront en cherté après l'hiver, pour la peine que les grains auront souffert en terre cette année.

Prédiction particulière.

Invention d'un grand art dans un électorat.

VAU,

est le vingt-unième nombre solaire qui aura cours pour les années............

PRÉDICTIONS GÉNÉRALES.

En cette année, le printemps sera froid 1289
et nuisible aux biens de la terre. 1317
L'été sera venteux et extrêmement plu- 1345
vieux. 1373
L'automne sera moite et peu stable en 1401
vents. 1429
La saison de l'hiver sera extraordinaire- 1457
ment difficile à passer, et il y aura de gran- 1485
des gelées sur la fin. 1513

Tous grains seront chers au commencement de l'an, qui est la mi-mars, en tous pays, dont tout le peuple sera bien étonné, et il y aura grande pitié. Les seigles seront les plus apparents des grains dans certains pays, et en juillet et août les grains abaisseront, à la réserve de l'avoine qui sera toujours chère.

Les vendanges, je n'en parle pas.

Prédictions particulières.

La paix entre les princes chrétiens.

Les beaux-arts commenceront à fleurir.

AQUA,

est le vingt-deuxième nombre solaire qui aura cours
.... pour les années

•

• PRÉDICTIONS GÉNÉRALES.

•

1290 Le printemps, cette année, sera froid et
1318 humide à tous biens terriens.
1346 Les caves abaisseront et signifieront abais-
1374 sement de blé, et à grand marché.
1402 Les blés de tous côtés et de tous pays
1430 viendront à bon marché et à basse vente.
145 L'été sera beau, mais sera venteux.
1486 L'automne demeurera en sa grande beauté.
1514 L'hiver sera froid, et il y aura de grandes
neiges.

Août sera hâtif, et il sera assez de bon blé et autres grains.

Les vendanges seront hâtives, le vin sera abondant en tous pays, et il sera d'assez bonne qualité.

Prédiction particulière.

Un grand art utile à tous les Etats, sera perfectionné dans la capitale d'un grand royaume.

GONER,

est le vingt-troisième nombre solaire qui aura cours pour les années................

PRÉDICTIONS GÉNÉRALES.

Le printemps, cette année, sera beau et 1291
agréable. 1319
L'été sera chaud et humide. 1347
L'automne se fera voir dans toute sa 1375
beauté. 1403
L'hiver sera sec et froid jusqu'au milieu, 1431
et sa fin sera pluvieuse et froide. 1459
Cette année, le peuple doit avoir grande 1487
joie, car elle sera aussi abondante en toutes 1515
choses, que quand Notre-Seigneur annonça au peuple d'Israël que la manne serait si grande sur la terre et plantée de tous biens terriens, que tout le peuple en fut rassasié. Rendons grâces à Dieu, louons le Seigneur.

Prédictions particulières.

Naissance d'un grand prince.
Grands tremblements de terre.
Un grand prince montera sur le trône.

FENEL,

est le vingt-quatrième nombre solaire qui aura .... cours pour les années.

PRÉDICTIONS GÉNÉRALES.

1292 En cette année, le printemps sera beau et
1320 profitable à tous biens terriens.
1348 L'été sera moite et mal profitable aux biens.
1376 L'automne sera tardive et froide.
1404 L'hiver sera mauvais par sa longue durée
1432 pour le froid, dont le peuple souffrira beau-
1460 coup.
1488 Les blés et les seigles seront grandement
1516 chers, et ceux qui en pourront garder jusqu'en
hiver feront grand profit. Car l'été sera si moite, qu'on ne pourra recueillir ni seigles ni blés.

Ceux qui achèteront de bon vin, et qui le pourront garder, feront grand profit, dit l'auteur : Que le denier fera quatre mailles. Car l'automne sera si fâcheuse, que les vignes ne pourront mûrir.

A la fin de janvier les neiges se fondront, et feront de grandes eaux, qui porteront beaucoup de dommages en plusieurs endroits et pays, en sorte que cette année se trouve semblable à celle de *Fenor*, qui est le septième nombre solaire.

Prédictions particulières.

La paix entre plusieurs princes chrétiens.

Traité d'un grand prince avec notre saint-père.

DUR,

est le vingt-cinquième nombre solaire qui aura cours pour les années................

PRÉDICTIONS GÉNÉRALES.

Le printemps, cette année, sera sec, froid 1293
et amer à tous arbres et biens terriens, 1321
qui auront petit commencement jusqu'au 1349
mois de juin, lequel sera orageux et plu- 1377
vieux jusqu'à la mi-août, et sera tardif, et 1405
semblable au quinzième nombre solaire. 1433
L'automne sera moite et venteuse. 1461
L'hiver sera bien tempéré, il n'y aura pas 1489
de grands froids. Au commencement de 1517
l'année il sera cherté de tous grains : ceux qui auront de l'argent en août feront profit d'acheter du grain; mais qu'ils le vendent; quand cherté y est, c'est folie de le garder. A la fin de l'année les grains diminueront de prix. Les vendanges seront médiocres en tous pays, et les vins seront verts : heureux ceux qui en seront fournis de bons, car ils feront profit.

Prédictions particulières.

Grande guerre entre les princes chrétiens.

Un grand prince montera sur le trône.

Les gens de lettres seront en grand crédit et récompensés dans une grande cour de l'Europe.

GARITIER,

est le vingt-sixième nombre solaire qui aura cours .... pour les années

PRÉDICTIONS GÉNÉRALES.

1294 En cette année le printemps sera froid et
1322 mauvais aux biens de la terre.
1350 Les blés auront mauvaise venue dans le
1378 commencement de l'été, parce que la saison
1406 sera froide.
1434 Les blés recueillis en bonne terre seront
1462 bons et de garde.
1490 Tous les grains gerberont bien ; mais août
1518 sera tardif, et tous les grains se vendront
bien en tous pays en été.

Les vendanges seront tardives : mais il y aura en tous pays beaucoup de vin.

A la fin de cette année les grains diminueront de prix, mais le bon vin sera requis et cher.

Prédiction particulière.

République souveraine reconnue par toutes les puissances de la terre.

BEUS,

est le vingt-septième nombre solaire qui aura cours pour les années............

PRÉDICTIONS GÉNÉRALES.

Le printemps, cette année, sera sec, froid 1295
et amer à tous arbres et biens terriens, qui 1323
auront petit commencement jusqu'au mois 1351
de juin, lequel sera orageux et pluvieux jus- 1379
qu'à la mi-août, et sera tardif, semblable 1407
au quinzième nombre solaire. 1435
L'automne sera moite et venteuse. 1463
L'hiver sera bien tempéré, et ne sera de 1491
grands froids. 1519

Les blés seront chers jusqu'en août.

Les vendanges seront tardives; mais il y aura beaucoup de vins en tous pays et à bon marché.

Prédictions particulières.

Sous une règle particulière une communauté d'hommes se formera dans un grand royaume.

Découverte d'un beau pays.

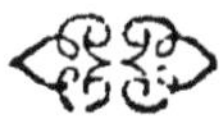

ACTOR,

est le vingt-huitième nombre solaire, qui aura .... cours pour les années

PRÉDICTIONS GÉNÉRALES.

1296 En cette année, le printemps sera plu-
1324 vieux, venteux au commencement, et la fin
1352 très-belle et agréable.
1380 L'été sera moite et tempéré.
1408 L'automne sera profitable et bonne à la
1436 vendange, et favorable pour les semences.
1464 L'hiver sera froid, avec pluies et neiges.
1492 Au commencement de l'année tous grains
1520 seront à bon marché, les vendanges seront bonnes et plantureuses; les blés seront à bon marché l'hiver, et il fera bon en acheter, car ils seront chers au printemps suivant.

Les vins délicats seront chers et biens requis.

Prédictions particulières.

Les sciences et les beaux-arts fleuriront.

Un grand prince montera sur le trône.

Le commerce soutenu, fera la joie de tous les États de la chrétienté.

FIN DU PREMIER LIVRE.

DIEU SUR TOUT.

PROPHÉTIES PERPÉTUELLES,

LIVRE SECOND.

CONTINUATION DES PRÉDICTIONS CLIMATÉRIQUES ET PARTICULIÈRES.

Le jugement est l'office de tous, auquel les hommes s'appliquent de différentes manières. Les uns critiquent, les autres approuvent; chaque expert doit être cependant cru en son art. Le dialecticien se rapporte au grammairien de la signification des mots; le rhétoricien emprunte du dialecticien les lieux des arguments; le poëte, du musicien, les mesures; le géomètrien, de l'arithméticien, les proportions; les métaphysiciens prennent pour fondement les conjectures de la physique, car chaque science a ses principes présupposés : ceci non révoqué en doute, je dirai, comme ci-devant, que le soleil fait son tour par vingt-huit nombres, qui contiennent vingt-huit années multipliées par neuf, font deux cent cinquante-deux ans; lesquels finis, le soleil recommence derechef son tour par *Fer*, qui est le premier nombre, et finit par *Actor*, qui est le vingt-huitième nombre.

FER,

est le premier nombre solaire qui aura cours pour .... les années

PRÉDICTIONS GÉNÉRALES.

1521 En cette année le printemps sera beau et
1549 profitable à tous les biens terriens.
1577 Les vignes et les blés auront un bon com-
1605 mencement en fleurissant.
1633 L'été sera moite et mal profitable aux
1661 biens de la terre, et sera tardif.
1689 L'automne sera froide et tardive.
1717 L'hiver sera froid et pluvieux au com-
1745 mencement, et sera sec et froid sur la fin.

Les blés seront bons et il fera bon les garder de même que les seigles, et ils se vendront bien.

Les vendanges seront bonnes et assez plantureuses, et les vins auront bonne vente.

Prédictions particulières.

La naissance d'un prince dans une grande cour de l'Europe y causera bien de la joie.

Grande guerre entre plusieurs princes chrétiens.

Grande bataille sera donnée.

QUAR,

est le second nombre solaire qui aura cours pour les années..................

.

PRÉDICTIONS GÉNÉRALES.

.

.

En cette année le printemps sera bon et 1522
profitable à tous les biens terriens. 1550
L'été sera profitable, et il y aura de gran- 1578
des chaleurs. 1606
L'automne sera moite et venteuse. 1634
L'hiver sera long et sec, et il y aura de 1662
grandes gelées et beaucoup de neiges jus- 1690
qu'à la fin de janvier que le dégel viendra 1718
avec abondance d'eaux. 1746

Il sera recueilli du grain raisonnablement, et il sera assez cher.

Les vendanges seront bonnes en peu de pays, et il fera bon garder et acheter du vin, car il se vendra bien, et fera grand profit.

Prédictions particulières.

Institution d'un grand ordre de chevalerie dans un grand royaume.

Une tête couronnée cédera le pas à une autre couronne.

La paix entre les princes chrétiens.

JUR,

est le troisième nombre solaire qui aura cours pour .... les années

PRÉDICTIONS GÉNÉRALES.

1523 En cette année le printemps sera ven-
1551 teux, froid, et mal profitable à plusieurs
1579 choses.
1607 L'été sera propre à tous biens, et sera
1635 assez chaud.
1663 L'automne sera humide jusqu'au milieu,
1691 et le reste sera assez beau.
1719 L'hiver sera long et supportable.
1747 Le blé sera cher et bien requis au commencement de l'année qui entre en la mi-mars.

Les vendanges seront bonnes en peu de pays, et il fera bon acheter des vins qui puissent se garder longtemps, et ceux qui en achèteront et garderont, feront bien leur profit.

Les grains enrichiront tous ceux qui pourront les garder jusqu'à l'année suivante.

Prédictions particulières.

Plusieurs provinces limitrophes formeront une grande république.

Célèbre confirmation d'un traité d'alliance.

Le Papier en grand crédit.

Bien des révolutions arriveront cette année dans un grand royaume de la chrétienté.

COR,

est le quatrième nombre solaire qui aura cours pour les années................

PRÉDICTIONS GÉNÉRALES.

Le printemps, cette année, sera froid et 1524
peu profitable. 1552
L'été sera moite et contraire à toutes cho- 1580
ses, qui signifieront que les blés auront 1608
mauvaise venue. 1636
L'automne sera froide et moite, et fera 1664
mauvaise allure. L'hiver il fera de belles 1692
froidures. Mais en cette année les blés et 1720
autres grains seront de petite venue : qui 1748
les pourra garder, fera grand profit.

Il fera bon acheter du vin en été, car il augmentera de prix, par la mauvaise venue qu'il aura en vendange, et il sera bien cher et bien requis : la misère du temps et de la saison sera cause que l'on en fera peu, quoique les vignes aient eu belle apparence au commencement.

Prédictions particulières.

Un grand prince se séparera de l'Église romaine.

Grande trahison exécutée dans une grande cour de l'Europe. Le papier en grand discrédit.

Institution d'un grand ordre de chevalerie dans un beau royaume.

Naissance d'un prince dans une grande cour.

AMAT,

est le cinquième nombre solaire qui aura cours .... pour les années

PRÉDICTIONS GÉNÉRALES.

1525 Le printemps, cette année, sera pluvieux
1553 et venteux. Je ne parlerai point de l'été.
1581 L'automne sera sèche et bonne jusqu'à la
1609 fin.
1637 L'hiver sera doux et moite.
1665 Il fera bien du froment, peu de seigle;
1693 les blés seront fort chers jusqu'à la récolte,
1721 ce sera grande pitié.
1749 Les bons vins seront grandement chers et
requis, mais ils diminueront de prix en vendange, de même que toutes les autres denrées, ce qui signifiera un bon temps : il fera mauvais acheter du vin pour le garder; car on ne le vendra pas, à cause que les gens de métier seront pauvres, et l'argent fort rare en bien des États de la chrétienté.

Prédictions particulières.

Grande bataille.

Un roi fait prisonnier.

Institution d'un grand ordre de chevalerie dans un grand royaume.

Un grand prince montera sur le trône.

GENUS,

est le sixième nombre solaire qui aura cours pour les années.................

PRÉDICTIONS GÉNÉRALES.

En cette année, le printemps sera doux et 1526
agréable, et les blés auront bonne venue. 1554
L'été sera sec et chaud. 1582
L'automne sera bien tempérée et profitable 1610
aux biens de la terre qu'on ensemencera, qui 1638
auront un bon commencement. 1666
L'hiver sera assez variable. 1694
Il y aura beaucoup de blé en tous pays, et 1722
sera en grand marché après l'août. Les ven- 1750
danges seront bonnes et plantureuses en beaucoup de pays ; ce qui fera que le vin sera à bas prix.

En hiver il fera bon acheter avoine et froment, et les mettre au grenier.

Prédictions particulières.

La perte d'un grand prince catholique.

Naissance d'un grand prince.

Grande guerre entre les princes chrétiens.

Mort subite d'un grand prince.

FENOR,

est le septième nombre solaire qui aura cours pour
.... les années

•

•

PRÉDICTIONS GÉNÉRALES.

•

1527 La présente année sera semblable au pre-
1555 mier nombre solaire, encore plus mauvaise.
1583 Au printemps il fera bon acheter avoine,
1611 car la plus grande cherté y sera.
1639 Les blés et les seigles seront grandement
1667 chers; et ceux qui en pourront garder jus-
1695 qu'en hiver, feront grand profit.
1723 Car l'été sera si moite qu'on ne pourra re-
1751 cueillir ni seigles ni blés.

Ceux qui achèteront de bon vin, qui le pourront garder feront grand profit, dit l'auteur : Que le denier fera quatre mailles ; car l'automme sera si fâcheuse que les vignes et raisins ne pourront mûrir.

A la fin de janvier les neiges se fondront, et feront de grandes eaux qui porteront beaucoup de dommages en différents endroits et pays.

Prédictions particulières.

Une chose extraordinaire paraîtra cette année dans un grand royaume.

Le commerce prendra faveur dans un beau royaume. Heureux combat.

GEMINI,

est le buitième nombre solaire qui aura cours pour
les années..................

PRÉDICTIONS GÉNÉRALES.

En cette année le printemps sera bon, 1528
bien tempéré, et profitable à tous biens ter- 1556
riens. 1584
L'été sera beau, ni trop chaud ni trop froid. 1612
L'automne sera moite et venteuse. 1640
L'hiver ne sera pas bien froid. 1668
Ceux qui auront du grain, qu'ils le ven- 1696
dent, car les grains auront bonne venue cette 1724
année, et seront à bon marché. 1752

Ceux qui auront du vin, qu'ils le vendent également au commencement du printemps ; car les vendanges foisonneront bien.

Cette année les peuples se réjouiront bien, la récolte étant abondante, le commerce soutenu, et l'argent fort commun en beaucoup de pays.

Prédictions particulières.

Un grand prince amateur des belles-lettres.

Grande flotte sur mer.

La paix entre les princes chrétiens.

CONTINUO,

est le neuvième nombre solaire qui aura cours pour
.... les années

PRÉDICTIONS GÉNÉRALES.

1529 En cette année le printemps sera froid et
1557 nuisible aux biens de la terre.
1585 L'été sera venteux et extraordinairement
1613 pluvieux.
1641 L'automne sera moite et peu stable pour
1669 les vents.
1697 La saison d'hiver sera moite et froide, et
1725 nuisible à la santé.
1753 Au commencement du printemps le blé sera
cher et se vendra bien jusqu'aux moissons qu'il diminuera ; car les blés seront beaux et bons, et gerberont bien ; mais ils seront difficiles à resserrer, à cause des pluies continuelles.

Les vendanges, cette année, seront abondantes et foisonneront bien ; mais le vin aura peu de qualité.

Prédictions particulières.

Changement de ministère dans la cour d'un grand roi de l'Europe.

Grand traité de paix.

Un grand prince montera sur le trône.

Mariage d'un grand roi.

BISE,

est le dixième nombre solaire qui aura cours pour les années..................

PRÉDICTIONS GÉNÉRALES.

Le printemps, cette année, sera pluvieux 1530
jusqu'à la mi-avril, qui après sera venteux. 1558
L'été sera chaud, avec tonnerre, éclairs et 1586
pluies. Cette année sera pestilenitelle, à cause 1614
des grandes chaleurs de l'été. Les blés seront 1642
bons et de bonne venue, et seront à prix rai- 1670
sonnable pour le maître et le fermier. 1698
L'automne sera moite. 1726
La vendange sera bonne, mais elle ne sera 1754
pas plantureuse, les bons vins seront chers et requis.

L'hiver sera froid et de longue durée, qui causera beaucoup de mortalité, et fera souffrir les pauvres.

Prédictions particulières.

Une statue équestre sera érigée à l'honneur d'un grand roi, dont la mémoire sera toujours précieuse à ses peuples.

Naissance d'un grand prince.

ARIES,

est le onzième nombre solaire qui aura cours pour .... les années

PRÉDICTIONS GÉNÉRALES.

1531 Le printemps, cette année, sera froid et de
1559 longue durée jusqu'en mai.
1587 L'été sera sec et chaud avec tonnerre et
1615 éclairs.
1643 L'automne sera chaude et fort belle.
1671 L'hiver sera froid, et fera de grandes
1699 neiges.
1727 Il sera abondance de blé en tous pays, et
1755 beaucoup de fruits.

Les vendanges seront bonnes en tous pays.

En cette année, sera le siècle bien en paix en toute la chrétienté, et il y aura bon marché de blé et de vin qui réjouira tout le peuple.

Prédictions particulières.

Un grand prince montera sur le trône, et son règne sera long et glorieux.

Un habile ministre dans une grande cour, formera un établissement bien utile pour l'État.

Naissance d'un grand prince.

GENOR,

est le douzième nombre solaire qui aura cours pour les années.................

PRÉDICTIONS GÉNÉRALES.

En cette année, qui est semblable et égale 1532
à l'année quand *Genus* fit son tour, qui est 1560
le sixième nombre solaire, 1588

Le printemps sera doux et beau. 1616

L'été sera sec et chaud. 1644

L'automne sera bien tempérée et profita- 1672
ble aux biens de la terre qu'on ensemen- 1700
cera, et ils auront bonne venue. 1728

Il y aura beaucoup de blé en tous pays, 1756
il sera à bon marché.

Après l'août, les vendanges seront bonnes et plantureuses en beaucoup de pays, ce qui fera que le vin sera à bon marché, ce dont tout le peuple chrétien doit louer Dieu.

Prédictions particulières.

Grande guerre entre les princes chrétiens.

Fameux passage sur un grand fleuve.

Un grand prince montera sur le trône.

Grande guerre.

EST-EST,

est le treizième nombre solaire qui aura cours ....pour les années

.

.

PRÉDICTIONS GÉNÉRALES.

.

1533 Le printemps, cette année, sera moite et
1561 chaud.
1589 L'été sera humide au commencement, le
1617 milieu et la fin très-chauds.
1645 L'automne sera assez belle.
1673 L'hiver sera fâcheux.
1701 Tous les biens terriens de cette année,
1729 dont les peuples de ce siècle sont soutenus,
1757 seront à bon marché au commencement en
tous pays ; mais après l'hiver ils seront chers.

Tous ceux qui se fourniront de blé, de seigle et de bon vin au commencement de cette année, feront grand profit ; mais c'est folie de les garder quand cherté y est.

Toutes choses terriennes sont muables, dit le philosophe, et Dieu le sait.

Prédictions particulières.

Un grand prince montera sur le trône.
Grande guerre.
Naissance d'un grand prince.
Grande bataille.

D'EST,

est le quatorzième nombre solaire qui aura cours pour les années.................

PRÉDICTIONS GÉNÉRALES.

Le printemps, cette année, sera fort hâtif 1534
à tous biens à venir. 1562
L'été sera chaud, et donnera de grandes 1590
pluies. 1618
L'automne sera humide, moite et con- 1646
traire aux semences, qui seront difficiles à 1674
faire. 1702
L'hiver sera grand et froid, et il y aura 1730
de grandes gelées jusqu'à la fin. 1758

Au commencement de cette année, qui sera la mi-mars, seront toutes semences constantes et bien requises. Ceux qui auront avoine et autres menus grains, s'ils les vendent au mois de mars, feront leur profit.

Les blés multiplieront en été, et il y aura perte à les garder. Ceux qui auront du vin l'été, qu'ils le vendent ; car il se vendra mieux en cette saison qu'après la récolte des vendanges.

Prédictions particulières.

Une tête couronnée donnera bataille.

Un grand prince montera sur le trône.

Une grande princesse montera sur le trône.

CORDÉ,

est le quinzième nombre solaire qui aura cours ....pour les années

PRÉDICTIONS GÉNÉRALES.

1535 Cette année, le printemps sera sec, froid
1563 et amer à tous arbres et biens terriens, qui
1591 auront petit commencement jusqu'au mois
1619 de juin, lequel sera orageux et pluvieux
1647 jusqu'à la mi-août, ce qui retardera la ré-
1675 colte.
1703 L'automne sera moite et venteuse, et peu
1731 favorable pour les semences.
1759 L'hiver sera bien tempéré, et il y aura de
grands froids.

Les blés seront chers jusqu'en août.

Les vendanges seront tardives ; mais il y aura en tous pays beaucoup de vin.

A la fin de cette année les grains diminueront de prix.

Prédictions particulières.

La paix sera entre les princes chrétiens.

Mort d'un grand général d'armée.

Invention d'une grande machine fort utile à un État.

Grand commerce sur mer et sur terre.

BOUR,

est le seizième nombre solaire qui aura cours pour les années..................

PRÉDICTIONS GÉNÉRALES.

En cette année, le printemps sera pluvieux 1536
jusqu'à la mi-avril, qui après sera venteux. 1564
L'été sera chaud, avec tonnerre, éclairs et 1592
pluies. 1620
Cette année sera pestilentielle, à cause des 1648
grandes chaleurs de l'été. 1676
Les blés seront bons et de bonne venue. 1704
La vendange sera bonne, mais elle ne sera 1732
pas plantureuse. 1760

L'hiver sera froid et de longue durée.

En sorte que cette année se trouve semblable à celle de *Bise*, qui est sous le dixième nombre solaire, et fait ainsi son tour. Qui ne se fait, qu'il l'apprenne : Dieu le veut, et je promets là-dessus être nommé philosophe certain.

Prédictions particulières.

Grand traité de paix.

La souveraineté d'une république reconnue libre et indépendante par toutes les puissances de la terre.

Un grand prince sera couronné.

Un grand prince placera son fils sur le trône.

GENER,

est le dix-septième nombre solaire qui aura cours
. . . . pour les années

PRÉDICTIONS GÉNÉRALES.

1537 Le commencement du printemps, cette an-
1565 née, sera pluvieux, et sa fin venteuse.
1593 L'été sera moite, avec tonnerre, éclairs, et
1621 sera fort chaud.
1649 L'automne sera belle et agréable.
1677 L'hiver sera froid et peu supportable pour
1705 les pauvres qui souffriront beaucoup.
1733 Les blés seront bons et de bonne qualité.
1761 La vendange sera bonne, mais elle ne sera
pas abondante.

Ceux qui seront fournis de blés et autres grains et de vin, feront grand profit de les vendre dans les temps ordinaires de la vente.

Prédictions particulières.

Le commerce dans un grand royaume fera le bonheur des peuples.

La mort d'un grand prince causera bien des troubles dans ses États.

Un excellent prince montera sur le trône.

Un sang royal multipliera toute la chrétienté.

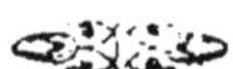

FENUS,

est le dix-huitième nombre solaire qui aura cours pour les années................

PRÉDICTIONS GÉNÉRALES.

Cette année, le printemps sera peu agréa-	1538
ble, car il sera venteux et pluvieux.	1566
L'été sera chaud, et il y aura des tonner-	1594
res et des grands éclairs, avec pluies.	1622
L'automne sera moite et incommode.	1650
L'hiver sera froid et de longue durée.	1678
Cette année les blés et les vins seront de	1706
bonne qualité; mais il ne faudrà pas les	1734
garder, et ils se vendront bien.	1762

Prédictions particulières.

Grande trahison exécutée.
Un grand prince placera son fils sur le trône.
Grande guerre entre plusieurs princes chrétiens.
Grande bataille gagnée.
Grande guerre entre les princes chrétiens.

GROSSUS,

est le dix-neuvième nombre solaire qui aura cours .... pour les années

PRÉDICTIONS GÉNÉRALES.

1539 En cette année, le printemps sera bon et
1567 agréable. L'été sera profitable à tous biens.
1595 L'automne sera moite et venteuse.
1623 L'hiver sera long et sec; il y aura de
1651 grandes gelées et de grandes neiges jusqu'à
1679 la fin de janvier où le dégel viendra avec
1707 abondance d'eaux.
1735 Il y aura du grain raisonnablement, et il sera
1763 assez cher. Les vendanges seront bonnes en peu
de pays : il fera bon garder et acheter du vin, car il se vendra bien et fera grand profit, en sorte que cette année est semblable à celle du second nombre solaire et le sera jusqu'à la fin du monde.

Prédictions particulières.

Une souveraine portera ses armes jusque sur le Rhin.

Articles préliminaires de paix.

Un ministre dont la sagesse est impénétrable deviendra l'arbitre universel de toute l'Europe.

Mort d'un général d'armée.

Les généraux d'armée se dresseront des embûches.

DICAT,

est le vingtième nombre solaire qui aura cours pour les années................

PRÉDICTIONS GÉNÉRALES.

Le printemps sera froid, venteux et mal 1540
profitable à plusieurs choses, semblable au 1568
troisième nombre solaire. L'été sera profi- 1596
table à tous biens terriens, et sera assez 1624
chaud. L'automne sera humide jusqu'au mi- 1652
lieu, et le reste passablement beau. L'hiver 1680
sera long, et il y aura de grandes gelées. 1708
Le blé sera cher et bien requis au commen- 1736
cement de l'année qui entre en la mi-mars. 1764

Les vendanges seront bonnes en peu de pays, et il fera bon acheter des vins qui se puissent garder longtemps, et ceux qui en achèteront et garderont feront un profit immense.

Les grains feront grand profit à ceux qui en achèteront et pourront les garder jusqu'à l'année suivante; car ils viendront en cherté après l'hiver, pour la peine que les grains auront souffert en terre cette année.

Prédictions particulières.

Grands troubles dans une ville capitale d'un grand royaume. Heureux combat.

Naissance d'un grand prince.

VAU,

est le vingt-unième nombre solaire qui aura cours
.................pour les années

PRÉDICTIONS GÉNÉRALES.

1541 En cette année, le printemps sera froid et
1569 nuisible aux biens de la terre.
1597 L'été sera venteux et extrêmement plu-
1625 vieux.
1653 L'automne sera moite et peu stable en
1681 vents.
1709 La saison de l'hiver sera extraordinai-
1737 rement difficile à passer, et il y aura de
1765 grandes gelées sur la fin.

Tous grains seront chers au commencement de l'an, qui est la mi-mars en tous pays, dont tout le peuple sera bien étonné, et il y aura grande pitié. Les seigles seront les plus apparents des grains dans certains pays, et en juillet et août les grains abaisseront, à la réserve de l'avoine, qui sera toujours chère. Les vendanges, je n'en parle pas.

Prédictions particulières.

Une tête couronnée prendra possession des États d'un souverain.

La paix sera entre tous les princes chrétiens. Mariage d'un grand roi. Mort d'une grande reine.

La paix entre les princes chrétiens.

AQUA,

est le vingt-deuxième nombre solaire qui aura cours pour les années............

PRÉDICTIONS GÉNÉRALES.

Le printemps, cette année, sera froid et 1542
humide à tous biens terriens. 1570
Les caves abaisseront et signifieront abais- 1598
sement de blé et à grand marché. 1626
Les blés de tous côtés et de tous pays vien- 1654
dront à bon marché et à basse vente. 1682
L'été sera beau, mais sera venteux. 1710
L'automne demeurera dans sa grande 1738
beauté. 1766

L'hiver sera froid, et il y aura de grandes neiges.

Août sera hâtif, et il y aura assez de bon blé et autres grains. Les vendanges seront hâtives, le vin sera abondant en tous pays, il sera d'assez bonne qualité.

Prédictions particulières.

Naissance d'un grand prince.

Une puissance maritime fera de grands progrès.

Une cour souveraine et très-respectable donnera de grandes marques de son zèle pour le soutien de l'État.

Déclarations de guerre entre les princes chrétiens.

GONER,

est le vingt-troisième nombre solaire qui aura cours .... pour les années

PRÉDICTIONS GÉNÉRALES.

1543 Le printemps, cette année, sera beau et
1571 agréable. L'été sera chaud et humide.
1599 L'automne se fera voir dans toute sa
1627 beauté.
1655 L'hiver sera sec et froid jusqu'au milieu,
1683 et sa fin sera pluvieuse et froide.
1711 Cette année, le peuple doit avoir grande
1739 joie; car elle sera aussi abondante en toutes
1767 choses, que quand Notre-Seigneur annonça
au peuple d'Israël que la manne serait si grande sur la terre et plantée de tous biens terriens, que tout le peuple en fut rassasié. Rendons grâces à Dieu, louons le Seigneur.

Prédictions particulières.

Guerre entre les princes de la chrétienté au commencement de l'année.

De grandes alliances se feront entre deux têtes couronnées.

Grandes réjouissances publiques.

Un grand prince montera sur le trône.

La paix sera rétablie entre les princes chrétiens vers la fin de l'année.

FENEL,

est le vingt-quatrième nombre solaire qui aura cours pour les années............

PRÉDICTIONS GÉNÉRALES.

En cette année, le printemps sera beau et 1544
profitable à tous biens terriens. 1572
L'été sera moite et mal profitable aux 1600
biens. L'automne sera tardive et froide. 1628
L'hiver sera mauvais par sa longue dnrée 1656
pour le froid, dont le peuple souffrira beau- 1684
coup. Les blés et les seigles seront grandement 1712
chers, et ceux qui en pourront garder jusqu'en 1740
hiver feront grand profit. Car l'été sera si 1768
moite qu'on ne pourra recueillir ni seigles ni blés.

Ceux qui achèteront de bon vin, et qui le pourront garder, feront grand profit, dit l'auteu: Que le denier fera quatre mailles. Car l'automne sera si fâcheuse, que les vignes ne pourront mûrir.

A la fin de janvier les neiges se fondront et feront de grandes eaux, qui porteront beaucoup de dommages en plusieurs endroits et pays, en sorte que cette année se trouve semblable à celle de *Fenor*, qui est le septième nombre solaire.

Prédictions particulières.

Cruel combat. Heureux combat.

Grand trouble dans un grand royaume.

DUR,

est le vingt-cinquième nombre solaire qui aura
.... cours pour les années

PRÉDICTIONS GÉNÉRALES.

1545 Le printemps, cette année, sera sec, froid et
1573 amer à tous arbres et biens terriens, qui au-
1601 ront petit commencement jusqu'au mois de
1629 juin, lequel sera orageux et pluvieux jus-
1657 qu'à la mi-août et sera tardif, et semblable
1685 au quinzième nombre solaire.
1713 L'automne sera moite et venteuse.
1741 L'hiver sera bien tempéré, il n'y aura pas
1769 de grands froids.

Au commencement de l'année il sera cherté de tous grains : ceux qui auront de l'argent feront profit d'acheter du grain ; mais qu'ils le vendent, car à la fin de l'année les grains diminueront de prix. Car les vendanges seront médiocres en tous pays, et les vins seront verts : heureux ceux qui en seront fournis de bons, car ils feront grand profit.

Prédictions particulières.

La naissance d'un prince dans une grande cour de l'Europe y causera bien de la joie.

Suppression d'une secte dans un royaume.

Grande guerre. L'Eglise, notre mère, nous accordera de grandes indulgences.

GARITIER,

est le vingt-sixième nombre solaire qui aura cours pour les années................

PRÉDICTIONS GÉNÉRALES.

En cette année, le printemps sera froid et 1546
mauvais aux biens de la terre. 1574
Les blés auront mauvaise venue dans le 1602
commencement de l'été, parce que la saison 1630
sera froide. Les blés recueillis en bonne terre 1658
seront bons et de garde. Tous les grains ger- 1686
beront bien; mais août sera tardif, et tous les 1714
grains se vendront bien en tous pays en été. 1742
Les vendanges seront tardives : mais il 1770
y aura en tous pays beaucoup de vin.

A la fin de cette année les grains diminueront de prix, mais le bon vin sera requis et cher.

Prédictions particulières.

Un grand prince montera sur le trône.

Un ministre d'église, général d'armée d'un grand roi.

Une tête couronnée tiendra toutes les nations enchaînées.

Mariage d'un grand prince de l'Europe, qui fera la joie et le bonheur de ses peuples.

Naissance d'un grand prince.

BEUS,

est le vingt-septième nombre solaire qui aura cours .... pour les années

PRÉDICTIONS GÉNÉRALES.

1547 Le printemps, cette année, sera sec, froid
1575 et amer à tous arbres et biens terriens, qui
1603 auront petit commencement jusqu'au mois
1631 de juin, lequel sera orageux et pluvieux jus-
1659 qu'à la mi-août, et sera tardif, semblable au
1687 quinzième nombre solaire.
1715 L'automne sera moite et venteuse.
1743 L'hiver sera bien tempéré, et ne fera de
1771 grands froids.

Les blés seront chers jusqu'en août.

Les vendanges seront tardives; mais il y aura beaucoup de vin en tous pays, et à bon marché.

Sur la fin de cette année, les blés, vins, et autres denrées reviendront à bon marché.

Prédictions particulières.

Mort d'un grand roi.

Le commerce prendra faveur.

La paix ne sera pas entre les princes chrétiens.

ACTOR,

est le vingt-huitième nombre solaire qui aura cours pour les années...............

PRÉDICTIONS GÉNÉRALES.

En cette année, le printemps sera plu- 1548
vieux, venteux au commencement, et à la fin, 1576
très-beau et très-agréable. 1604
L'été sera moite et tempéré. 1632
L'automne sera profitable et bonne à la 1660
vendange, et favorable pour les semences. 1688
L'hiver sera froid, avec pluies et neiges. 1716
Au commencement de l'année tous grains 1744
seront à bon marché; les vendanges seront 1772
bonnes et plantureuses; les blés seront à bon marché l'hiver, et il fera bon en acheter, car ils seront chers au printemps suivant.

Les vins délicats seront chers et bien requis.

Prédictions particulières.

Mariage d'un grand roi, qui fera la joie et le bonheur de ses peuples.

Grande conspiration découverte.

FIN DU SECOND LIVRE.

DIEU SUR TOUT.

PROPHÉTIES PERPÉTUELLES.

LIVRE TROISIÈME.

CONTINUATION DES PRÉDICTIONS CLIMATÉRIQUES ET PARTICULIÈRES.

Cette troisième partie de mon livre, comme la seconde partie, n'étant qu'une répétition de mes prédictions climatériques, sembleraient inutiles, si elles n'étaient soutenues et appuyées l'une et l'autre de mes prédictions particulières, qui en font le soutien et l'amusement; et comme je les ai portées jusqu'en l'année deux mille vingt-quatre pour occuper mon lecteur et satisfaire sa curiosité, je dirai encore une fois avec lui, que le soleil ayant fait son tour par vingt-huit nombres, qui contiennent vingt-huit années multipliées par neuf, qui font deux cent cinquante-deux ans, comme il se voit dans la première et la seconde partie de mon livre: le soleil recommence derechef son tour par *Fer*, qui est son premier nombre, et qui aura cours.

FER,

est le premier nombre solaire qui aura cours dans les années..................

PRÉDICTIONS GÉNÉRALES.

En cette année, le printemps sera beau et 1773
profitable à tous les biens terriens. 1801
Les vignes et les blés auront un bon com- 1829
mencement en fleurissant. 1857
L'été sera moite et mal profitable aux biens 1885
de la terre, et sera tardif. 1913
L'automne sera froide et tardive. 1941
L'hiver sera froid et pluvieux au commen- 1969
cement, et sera sec et froid sur la fin. 1997

Les blés seront bons et il fera bon les garder, de même que les seigles, et ils se vendront bien.

Les vendanges seront bonnes et assez plantureuses, et les vins auront bonne vente.

Prédictions particulières.

Un grand prince, valeureux et courageux comme Alexandre et César, montera sur le trône, son règne sera glorieux.

Grande guerre entre les princes chrétiens.

Traité d'alliance.

Mariage d'un grand prince.

QUAR,

est le second nombre solaire qui aura cours dans .... les années

PRÉDICTIONS GÉNÉRALES.

1774 En cette année le printemps sera bon et
1802 profitable à tous les biens terriens.
1830 L'été sera profitable, et il y aura de grandes
1858 chaleurs.
1886 L'automne sera moite et venteuse.
1914 L'hiver sera long et sec, et il y aura de
1942 grandes gelées et beaucoup de neige jusqu'à
1970 la fin de janvier que le dégel viendra avec
1998 abondance d'eaux.

Il sera recueilli du grain raisonnablement, et il sera assez cher.

Les vendanges seront bonnes en peu de pays, et il fera bon garder et acheter du vin, car il se vendra bien, et fera grand profit.

Prédictions particulières.

De grandes révolutions arriveront cette année dans un des grands États de la chrétienté.

Nouvelle forme de gouvernement dans une république.

Fameux combat.

Un grand prince montera sur le trône.

JUR,

est le troisième nombre solaire qui aura cours pour les années ....

.

PRÉDICTIONS GÉNÉRALES.

.

.

En cette année le printemps sera venteux, 1775
froid et mal profitable à plusieurs choses. 1803
L'été sera propre à tous biens, et sera assez 1831
chaud. 1859
L'automne sera humide jusqu'au milieu, et 1887
le reste sera assez beau. 1915
L'hiver sera long et supportable. 1943
Le blé sera cher et bien requis au commen- 1971
cement de l'année qui entre en la mi-mars. 1999

Les vendanges seront bonnes en peu de pays, et il fera bon acheter des vins qui puissent se garder longtemps, ceux qui en achèteront et garderont feront un grand profit.

Les grains enrichiront tous ceux qui pourront les garder jusqu'à l'année suivante.

Prédictions particulières.

Heureuse découverte dans un des plus beaux et des plus florissants États de la chrétienté.

Paix entre les princes chrétiens.

Mariage d'un grand roi.

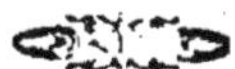

COR,

est le quatrième nombre solaire qui aura cours pour .... les années

.

PRÉDICTIONS GÉNÉRALES.

.

1776 Le printemps, cette année, sera froid et
1804 peu profitable.
1832 L'été sera moite et contraire à toutes choses,
1860 qui signifieront que les blés auront mauvaise
1888 venue.
1916 L'automne sera froide et moite, et fera
1944 mauvaise allure.
1972 L'hiver il fera de belles froidures.
2000 Mais en cette année les blés et autres grains seront de petite venue : qui les pourra garder fera grand profit.

Il fera bon acheter du vin en été, car il augmentera de prix par la mauvaise venue qu'il aura en vendange, et il sera bien cher et bien requis : la misère du temps et de la saison sera cause que l'on en fera peu, quoique les vignes aient eu belle apparence au commencement.

Prédictions particulières.

Un grand prince montera sur le trône.

Grande guerre entre les princes chrétiens.

Grande trahison découverte.

AMAT,

est le cinquième nombre solaire qui aura cours pour les années ....

PRÉDICTIONS GÉNÉRALES.

Le printemps, cette année, sera pluvieux et 1777
venteux. Je ne parlerai point de l'été. 1805
L'automne sera sec et bon jusqu'à la 1833
fin. 1861
L'hiver sera doux et moite. 1889
Il y aura bien du froment, peu de seigle ; 1917
les blés seront fort chers jusqu'à la récolte, 1945
ce sera grande pitié. 1973
Les bons vins seront grandement chers et 2001
requis, mais ils diminueront de prix en vendange, de même que toutes les autres denrées, ce qui signifiera un bon temps : il fera mauvais acheter du vin pour le garder ; car on ne le vendra pas, à cause que les gens de métier seront pauvres, et l'argent fort rare en bien des États de la chrétienté.

Prédictions particulières.

Grande guerre entre les princes chrétiens.

Heureux combat.

Naissance d'un prince cher à sa patrie.

Traité d'alliance.

GENUS,

est le sixième nombre solaire qui aura cours pour .... les années

PRÉDICTIONS GÉNÉRALES

1778 En cette année le printemps sera doux et
1806 agréable, et les blés auront bonne venue.
1834 L'été sera sec et chaud.
1862 L'automne sera bien tempéré et profitable
1890 aux biens de la terre qu'on ensemencera, ils
1918 auront un bon commencement.
1946 L'hiver sera assez variable.
1974 Il y aura beaucoup de blé en tous pays; et
2002 il sera à bon marché. Après août les vendanges seront bonnes et plantureuses en beaucoup de pays; ce qui fera que le vin sera à bas prix.

En hiver il fera bon acheter avoine et froment, et les mettre au grenier.

Prédictions particulières.

Les généraux d'armée s'observeront.

Grand traité d'alliance entre deux couronnes.

La paix sera entre tous les princes de la chrétienté.

Un grand roi distribuera de grands prix pour les sciences et les beaux-arts.

FENOR,

est le septième nombre solaire qui aura cours pour les années..............

PRÉDICTIONS GÉNÉRALES.

La présente année sera semblable au pre- 1779
mier nombre solaire, encore plus mauvaise. 1807
Au printemps il fera bon acheter de l'avoine, 1835
car la plus grande cherté y sera. 1863
Les blés et les seigles seront grandement 1891
chers ; et ceux qui en pourront garder jus- 1919
qu'en hiver, feront grand profit. 1947
Car l'été sera si moite qu'on ne pourra re- 1975
cueillir ni seigles ni blés. 2003

Ceux qui achèteront de bon vin et qui le pourront garder feront un grand profit, dit l'auteur : Que le denier fera quatre mailles ; car l'automne sera si fâcheuse que les vignes et raisins ne pourront mûrir.

A la fin de janvier les neiges se fondront, et feront de grandes eaux qui porteront beaucoup de dommages en différents endroits et pays.

Prédictions particulières.

La paix entre les princes chrétiens.

Grand commerce sur mer et sur terre.

Un grand prince montera sur le trône.

GEMINI,

est le huitième nombre solaire qui aura cours pour
.... les années

PRÉDICTIONS GÉNÉRALES.

1780 En cette année le printemps sera bon,
1808 bien tempéré, et profitable à tous les biens
1836 de la terre.
1864 L'été sera beau, ni trop chaud ni trop
1892 froid.
1920 L'automne sera moite et venteux.
1948 L'hiver ne sera pas bien froid.
1976 Ceux qui auront du grain, qu'ils le ven-
2004 dent, car les grains auront bonne venue cette
année, et seront à bon marché.

Ceux qui auront du vin, qu'ils le vendent également au commencement du printemps, car les vendanges foisonneront bien.

Cette année les peuples se réjouiront bien, la récolte étant abondante, le commerce prospère, et l'argent fort commun en beaucoup de pays.

Prédictions particulières.

Un grand prince montera sur le trône.

Nouvelle forme de gouvernement dans un royaume.

Grande guerre entre les princes chrétiens.

CONTINUO,

est le neuvième nombre solaire qui aura cours pour les années..................

PRÉDICTIONS GÉNÉRALES.

En cette année le printemps sera froid et 1781
nuisible aux biens de la terre. 1809
L'été sera venteux et extraordinairement 1837
pluvieux. 1865
L'automne sera moite et peu stable pour 1893
les vents. 1921
La saison de l'hiver sera moite, froide, 1949
et nuisible à la santé. 1977
Au commencement du printemps le blé 2005
sera cher et se vendra bien jusqu'aux moissons qu'il diminuera ; car les blés seront beaux et bons, et gerberont bien ; mais ils seront difficiles à resserrer, à cause des pluies continuelles.

Les vendanges, cette année, seront abondantes et foisonneront bien ; mais le vin aura peu de qualité.

Prédictions particulières.

Grande guerre entre les princes chrétiens.

Naissance d'un grand prince.

Bataille gagnée.

Changement de ministre dans une grande cour.

Emotion populaire dans une grande ville.

BISE,

est le dixième nombre solaire qui aura cours pour
.... les années

PRÉDICTIONS GÉNÉRALES.

1782 Le printemps, cette année, sera pluvieux
1810 jusqu'à la mi-avril, puis après sera venteux.
1838 L'été sera chaud, avec tonnerre, éclairs et
1866 pluies. Cette année sera pestilentielle, à
1894 cause des grandes chaleurs de l'été. Les blés
1922 seront bons et de bonne venue, et seront à
1950 prix raisonnable pour le maître et le fermier.
1978 L'automne sera moite.
2006 La vendange sera bonne, mais elle ne sera pas plantureuse, les bons vins seront chers et requis.

L'hiver sera froid et de longue durée, ce qui causera beaucoup de mortalité, et fera souffrir les pauvres.

Prédictions particulières.

Fameux combats, où les généraux, de part et d'autre, se distingueront par leur mérite et leur valeur.

Naissance d'un grand prince.

La paix entre les princes chrétiens.

Une grande princesse montera sur le trône.

ARIES,

est le onzième nombre solaire qui aura cours pour
les années................

PRÉDICTIONS GÉNÉRALES.

Le printemps, cette année, sera froid et 1783
de longue durée jusqu'en mai. 1811
L'été sera sec et chaud avec tonnerre et 1839
éclairs. 1867
L'automne sera chaud et fort beau. 1895
L'hiver sera froid, il y aura de grandes 1923
neiges. 1951
Il y aura abondance de blé en tous pays, et 1979
eaucoup de fruits. 2007

Les vendanges seront bonnes en tous pays.

En cette année, sera le siècle bien en paix dans toute la chrétienneté, et il y aura bon marché de blé et de vin, ce qui réjouira tout le peuple.

Prédictions particulières.

Naissance d'un grand prince.

Paix générale dans toute la chrétienté.

Mariage d'un grand prince.

Grande invention d'arts dans un grand royaume.

L'Eglise, notre bonne mère, nous accordera de grandes indulgences.

GENOR,

est le douzième nombre solaire qui aura cours pour
.... les années

PRÉDICTIONS GÉNÉRALES.

1784 En cette année, qui est semblable et égale
1812 à l'année quand *Genus* fit son tour, qui est
1840 le sixième nombre solaire,
1868 Le printemps sera doux et beau.
1896 L'été sera sec et chaud.
1924 L'automne sera bien tempéré et profitable
1952 aux biens de la terre qu'on ensemencera,
1980 ils auront bonne venue.
2008 Il y aura beaucoup de blé en tous pays, et
il sera à bon marché.

L'hiver sera assez variable.

Après l'août, les vendanges seront bonnes et plantureuses en beaucoup de pays, ce qui fera que le vin sera à bon marché, ce dont tout le peuple chrétien doit louer Dieu.

Prédictions particulières.

Un grand prince montera sur le trône.

La beauté du commerce et des arts fera briller tous les États de la chrétienté.

Naissance d'un grand prince.

EST-EST,

est le treizième nombre solaire qui aura cours pour les années.............. ......

PRÉDICTIONS GÉNÉRALES.

Le printemps, cette année, sera moite et 1785
chaud. 1813
L'été sera humide au commencement, le 1841
milieu et la fin très-chauds. 1869
L'automne sera assez beau. 1897
L'hiver sera fâcheux. 1925
Tous les biens de la terre de cette année, 1953
dont les peuples de ce siècle sont soutenus, 1981
seront à bon marché au commencement en 2009
tous pays; mais après l'hiver ils seront chers.

Tous ceux qui se fourniront de blé, de seigle et de bon vin au commencement de cette année, feront grand profit; mais c'est folie de les garder quand ils sont chers.

Toutes choses terriennes sont muables, dit le philosophe, et Dieu le sait.

Prédictions particulières.

Grande guerre entre les princes chrétiens.

La noblesse, dans un grand royaume, donnera des marques à son souverain de son courage et de sa valeur pour le soutien de l'Etat.

D'EST,

est le quatorzième nombre solaire qui aura cours .... pour les années

PRÉDICTIONS GÉNÉRALES.

1786 Le printemps, cette année, sera fort hâtif
1814 à tous biens à venir.
1842 L'été sera chaud, et donnera de grandes
1870 pluies.
1898 L'automne sera humide, moite et contraire
1926 aux semences, qui seront difficiles à faire.
1954 L'hiver sera grand et froid, et il y aura
1982 de grandes gelées jusqu'à la fin.
2010 Au commencement de cette année, qui sera la mi-mars, seront toutes semences constantes et bien requises. Ceux qui auront de l'avoine et autres menus grains, s'ils les vendent au mois de mars, feront leur profit.

Les blés multiplieront en été, et il y aura perte à les garder. Ceux qui auront du vin l'été, qu'ils le vendent; car il se vendra mieux en cette saison qu'après la récolte des vendanges.

Prédictions particulières.

Déclarations de guerre entre les princes chrétiens.

Un grand prince montera sur le trône.

Grande guerre entre les princes chrétiens.

CORDÉ,

est le quinzième nombre solaire qui aura cours pour les années................

PRÉDICTIONS GÉNÉRALES.

Cette année, le printemps sera sec, froid 1787
et amer à tous arbres et biens terriens, qui 1815
auront petit commencement jusqu'au mois 1843
de juin, lequel sera orageux et pluvieux 1871
jusqu'à la mi-août, ce qui retardera la ré- 1899
colte. 1927

L'automne sera moite et venteux, et peu 1955
favorable pour les semences. 1983

L'hiver sera bien tempéré, et il y aura de 2011
grands froids.

Les blés seront chers jusqu'en août.

Les vendanges seront tardives ; mais il y aura en tous pays beaucoup de vin.

A la fin de cette année les grains diminueront de prix.

Prédictions particulières.

Combat naval.

Changement de ministres dans une grande cour.

Naissance d'un grand prince.

Grande bataille gagnée.

BOUR,

est le seizième nombre solaire qui aura cours pour .... les années

PRÉDICTIONS GÉNÉRALES.

1788 En cette année, le printemps sera pluvieux
1816 jusqu'à la mi-avril, puis après sera venteux.
1844 L'été sera chaud, avec tonnerre, éclairs et
1872 pluies.
1900 Cette année sera pestilentielle, à cause
1928 des grandes chaleurs de l'été.
1956 Les blés seront bons et de bonne venue.
1984 La vendange sera bonne, mais elle ne sera
2012 pas productive.

L'hiver sera froid et de longue durée.

En sorte que cette année se trouve semblable à celle de *Bise*, qui est sous le dixième nombre solaire, et fait ainsi son tour. Qui ne le sait, qu'il l'apprenne : Dieu le veut, et je promets là-dessus être nommé philosophe certain.

Prédictions particulières.

La paix entre les princes chrétiens.

Changement de ministre dans la cour d'un grand prince.

Grande guerre entre les princes chrétiens.

La paix générale entre les princes chrétiens.

GENER,

est le dix-septième nombre solaire qui aura cours pour les années................

PRÉDICTIONS GÉNÉRALES.

Le commencement du printemps, cette an- 1789
née, sera pluvieux, et sa fin venteuse. 1817
L'été sera moite, avec tonnerre, éclairs, et 1845
sera fort chaud. 1873
L'automne sera beau et agréable. 1901
L'hiver sera froid et peu supportable pour 1929
les pauvres qui souffriront beaucoup. 1957
Les blés seront bons et de bonne qualité. 1985
La vendange sera bonne, mais elle ne sera 2013
pas abondante.

Ceux qui seront fournis de blés et autres grains et de vin, feront grand profit de les vendre dans les temps ordinaires de la vente.

Prédictions particulières.

Un jeune prince montera sur le trône.

Institution d'un nouvel ordre de chevalerie dans un grand royaume.

Heureux combat.

FENUS,

est le dix-huitième nombre solaire qui aura cours .... pour les années

PRÉDICTIONS GÉNÉRALES.

1790 Cette année, le printemps sera peu agréa-
1818 ble, car il sera venteux et pluvieux.
1846 L'été sera chaud, et il y aura des tonnerres
1874 et de grands éclairs, avec pluies.
1902 L'automne sera moite et incommode.
1930 L'hiver sera froid et de longue durée.
1958 Cette année les blés et les vins seront de
1986 bonne qualité; mais il ne faudra pas les
2014 garder, et ils se vendront bien.

Prédictions particulières.

Mort d'un saint roi.

La paix entre tous les princes chrétiens.

Un ministre fera briller son zèle pour le soutien d'un État.

Grand traité d'alliance.

Naissance d'un grand prince.

GROSSUS,

est le dix-neuvième nombre solaire qui aura cours pour les années...............

PRÉDICTIONS GÉNÉRALES.

En cette année, le printemps sera bon et 1791
agréable. 1819
L'été sera profitable à tous les biens. 1847
L'automne sera moite et venteux. 1875
L'hiver sera long et sec; il y aura de 1903
grandes gelées et de grandes neiges jusqu'à 1931
la fin de janvier, où le dégel viendra avec 1959
abondance d'eaux. 1987
Il y aura du grain raisonnablement, et il sera 2015
assez cher. Les vendanges seront bonnes en peu de pays: il fera bon garder et acheter du vin, car il se vendra bien et fera grand profit, en sorte que cette année est semblable à celle du second nombre solaire et le sera jusqu'à la fin du monde.

Prédictions particulières.

Grande guerre entre les princes chrétiens.

Nouvelle forme de gouvernement pour les lois d'un grand royaume.

Le commerce brillera sur mer et sur terre.

Un grand prince montera sur le trône.

Grande trahison découverte.

DICAT,

est le vingtième nombre solaire qui aura cours
.... pour les années
•
•

PRÉDICTIONS GÉNÉRALES.

•

1792 Le printemps sera froid, venteux et mal
1820 profitable à plusieurs choses, semblable au
1848 troisième nombre solaire. L'été sera profi-
1876 table à tous biens de la terre et sera assez
1904 chaud. L'automne sera humide jusqu'au
1932 milieu et le reste passablement beau. L'hiver
1960 sera long, et il y aura de grandes gelées.
1988 Le blé sera cher et bien requis au com
2016 mencement de l'année qui entre en la mi-
mars.

Les vendanges seront bonnes en peu de pays, et il fera bon acheter des vins qui se puissent garder longtemps, ceux qui en achèteront et les garderont feront un profit immense.

Les grains feront grand profit à ceux qui en achèteront et pourront les garder jusqu'à l'année suivante; car ils seront chers après l'hiver, parce que les grains auront souffert en terre cette année.

Prédictions particulières.

Naissance d'un grand prince.

Un grand prince montera sur le trône.

Mariage d'un grand roi. Traité de paix.

VAU,

est le vingt-unième nombre solaire qui aura cours pour les années...............

PRÉDICTIONS GÉNÉRALES.

En cette année, le printemps sera froid 1793
et nuisible aux biens de la terre. 1821
L'été sera venteux et extrêmement plu- 1849
vieux. 1877
L'automne sera moite et peu stable en 1905
vents. 1933
La saison de l'hiver sera extraordinaire- 1961
ment difficile à passer, et il y aura de gran- 1989
des gelées sur la fin. 2017

Tous les grains seront chers au commencement de l'an, qui est la mi-mars (1), en tous pays, dont tout le peuple sera bien étonné, et il y aura grande pitié. Les seigles seront les plus apparents des grains dans certains pays, et en juillet et août les grains abaisseront, à la réserve de l'avoine, qui sera toujours chère. Les vendanges, je n'en parle pas.

Prédictions particulières.

Grande conspiration découverte dans un grand État. Naissance d'un grand prince.

Le clergé distribuera de grands biens aux pauvres.

Changement de ministres dans une grande cour.

(1) Avant la réforme du calendrier, à l'époque où mon ancêtre écrivait, l'année commençait en mars. C. J. M.

AQUA,

est le vingt-deuxième nombre solaire qui aura
.... cours pour les années

PRÉDICTIONS GÉNÉRALES.

1794 Le printemps, cette année, sera froid et
1822 humide à tous les biens de la terre.
1850 Les caves abaisseront et signifieront abais-
1878 sement de blé, et à bon marché.
1906 Les blés de tous côtés et de tous pays
1934 viendront à bon marché et à basse vente.
1962 L'été sera beau, mais sera venteux.
1990 L'automne demeurera dans sa grande
2018 beauté.

L'hiver sera froid, et il y aura de grandes neiges.

Août sera hâtif, il y aura assez de bon blé et autres grains. Les vendanges seront hâtives, et le vin sera en tous pays abondant; il sera d'assez bonne qualité.

Prédictions particulières.

Un grand roi placera son fils sur le trône.

Traité de paix.

Traité d'alliance.

Grand tremblement de terre.

GONER,

est le vingt-troisième nombre solaire qui aura cours pour les années.............

PRÉDICTIONS GÉNÉRALES.

Le printemps, cetté année, sera beau et 1795
gréable. 1823
L'été sera chaud et humide. 1851
L'automne se fera voir dans toute sa 1879
beauté. 1907
L'hiver sera sec et froid jusqu'au milieu, 1935
et sa fin sera pluvieuse et froide. 1963
Cette année, le peuple doit avoir grande 1991
joie ; car elle sera aussi abondate en toutes 2019
chose, que quand Notre-Seigneur annonça au peuple d'Israël que la manne serait si grande sur la terre et plantée de tous biens de la terre, que tout le peuple en fut rassasié. Rendons grâces à Dieu, louons le Seigneur.

Prédictions particulières.

Grande guerre entre les princes chrétiens.
Grands impôts levés dans un royaume.
Naissance d'un grand prince.

FENEL,

est le vingt-quatrième nombre solaire qui aura
.... cours pour les années
.
.
.

PRÉDICTIONS GÉNÉRALES.

1796 En cette année, le printemps sera beau et
1824 profitable à tous biens de la terre.
1852 L'été sera moite et mal profitable aux
1880 biens.
1908 L'automne sera tardif et froid.
1936 L'hiver sera mauvais par sa longue durée
1964 pour le froid, ce dont le peuple aura beau-
1992 coup à souffrir.
2020 Les blés et les seigles seront très-chers,
et ceux qui en pourront garder jusqu'en hiver feront grand profit. Car l'été sera si moite, qu'on ne pourra recueillir ni seigles ni blés.

Ceux qui achèteront de bon vin, et qui le pourront garder feront grand profit, dit l'auteur : Que le denier fera quatre mailles. Car l'automne sera si fâcheuse que les vignes ne pourront mûrir.

A la fin de janvier les neiges se fondront et feront de grandes eaux, qui porteront beaucoup de dommage en plusieurs endroits et pays, en sorte que cette année se trouve semblable à celle de *Fenor,* qui est le septième nombre solaire.

Prédiction particulière.

Admirable invention dans un grand royaume.

DUR,

est le vingt-cinquième nombre solaire qui aura cours pour les années..............

PRÉDICTIONS GÉNÉRALES.

Le printemps, cette année, sera sec, froid 1797
et amer à tous les arbres et biens de la terre, 1825
qui auront petit commencement jusqu'au 1853
mois de juin, lequel sera orageux et plu- 1881
vieux jusqu'à la mi-août, il sera tardif, et 1909
semblable au quinzième nombre solaire. 1937
L'automne sera moite et venteux. 1937
L'hiver sera bien tempéré, il n'y aura pas 1965
de grands froids. Au commencement de 1993
l'année il y aura cherté de tous grains : ceux 2021
qui auront de l'argent feront bien d'en acheter; mais qu'ils les vendent, car à la fin de l'année ils diminueront de prix. Les vendanges seront médiocres en tous pays, et les vins seront verts : heureux ceux qui en seront fournis de bons, car ils feront grand profit.

Prédictions particulières.

Mariage d'un grand roi.

Traité de paix entre les princes chrétiens.

Bataille gagnée.

GARITIER,

est le vingt-sixième nombre solaire qui aura cours .... pour les années

PRÉDICTIONS GÉNÉRALES.

1798 En cette année, le printemps sera froid et
1826 mauvais aux biens de la terre.
1854 Les blés auront mauvaise venue dans le
1882 commencement de l'été, parce que la saison
1910 sera froide. Les blés recueillis en bonne
1938 terre seront bons et de garde.
1966 Tous les grains gerberont bien ; mais août
1994 sera tardif, et tous les grains se vendront
2022 bien en tous pays en été.

Les vendanges seront tardives : mais il y aura en tous pays beaucoup de vin.

A la fin de cette année les grains diminueront de prix, mais le bon vin sera requis et cher.

Prédictions particulières.

Naissance d'un grand prince.

Le commerce et les beaux-arts seront portés jusqu'à leur plus haute valeur et perfection.

Traité de paix entre les princes chrétiens.

Grande conspiration découverte.

BEUS,

est le vingt-septième nombre solaire qui aura cours pour les années................

PRÉDICTIONS GÉNÉRALES.

Le printemps, cette année, sera sec, froid 1799
et amer à tous les arbres et biens de la terre, 1827
qui auront petit commencement jusqu'au 1855
mois de juin, lequel sera orageux et plu- 1883
vieux jusqu'à la mi-août, il sera tardif et sem- 1911
blable au quinzième nombre solaire. 1939
L'automne sera moite et venteux. 1967
L'hiver sera bien tempéré, il n'y aura pas 1995
de grands froids. 2023

Les blés seront chers jusqu'en août.

Les vendanges seront tardives; mais il y aura beaucoup de vin en tous pays, et à bon marché.

Sur la fin de cette année, les blés, vins, et autres denrées redeviendront à bon marché.

Prédictions particulières.

Un jeune prince débonnaire montera sur le trône.

Alliance renouvelée.

Grande guerre.

Mariage d'un grand roi.

Naissance d'un grand prince.

ACTOR,

est le vingt-huitième nombre solaire qui aura cours .... pour les années

PRÉDICTIONS GÉNÉRALES.

1800 En cette année, le printemps sera plu-
1828 vieux, venteux au commencement, et à la fin,
1856 très-beau et agréable.
1884 L'été sera moite et tempéré.
1912 L'automne sera profitable et bon à la ven-
1940 dange, et favorable pour les semences.
1968 L'hiver sera froid, avec pluies et neiges.
1996 Les vendanges seront bonnes et plantu-
2024 reuses; les blés seront à un prix modéré pendant toute l'année.

Tout le monde sera en bonne santé, il n'y aura presque pas de malades. Les médecins n'auront rien à faire.

Prédictions particulières.

Grande guerre entre les princes chrétiens.
Combat naval.

FIN DU TROISIÈME LIVRE DES PRÉDICTIONS.

DIEU SUR TOUT

TERMINAISON DU LIVRE

DES

PROPHÉTIES PERPÉTUELLES.

Tout ce qui est bon vient de Dieu, dit le philosophe.

J'ai dit, au premier livre de mes prédictions, que le soleil fait son tour par 28 nombres qui contiennent 28 années. Quand ce petit livre de prophéties sera fini, mon lecteur recommencera de nouveau par le premier nombre solaire, et finira par le vingt-huitième nombre, comme il est écrit, et il trouvera que mes prédictions générales et climatériques, pour ce qui regarde l'abondance ou la disette des blés et des vins, dureront jusqu'à la fin du monde ; et quant à mes prédictions particulières, je les ai portées seulement jusqu'à l'an deux mille vingt-quatre, et je promets là-dessus être nommé astronome et philosophe certain.

OBSERVATIONS SUR LES NOMBRES SOLAIRES.

Il me reste une remarque curieuse à faire à mon lecteur, qui n'a point encore été faite jusqu'à ce jour, et qu'il ne sera peut-être pas fâché de savoir, sur la naissance et la mort du Sauveur du monde, c'est un fait dont mon lecteur peut se rendre lui-même certain. En suivant le plan de mon livre, et rétrogradant le tour du soleil jusqu'au temps du vieil Hérode, roi de Judée, il connaîtra que Jésus-Christ s'est fait homme sous le septième nombre solaire, l'an 27 du règne d'Auguste, et l'an 36 du règne du vieil Hérode, roi de Judée, et qu'il est mort pour nous racheter, sous le douzième nombre solaire, qui était la trente-quatrième année de sa vie.

RÉFLEXIONS.

Quoique tous les nombres solaires paraissent inégaux par rapport aux influences de l'air et de la terre, qui donne plus ou moins de biens à ses habitants chaque année, néanmoins leur degré de chaleur, leur mouvement et leur cours sont toujours égaux et toujours justes, et on peut dire qu'ils ne composent avec le soleil qu'un seul corps lumineux, et ne font qu'un seul tout : et l'expérience que nos anciens et modernes ont faite sur ces vingt-huit nombres solaires, qui a passé à nous par tradition, nous apprend que les sept et douzième nombres solaires, sont très-heureux pour les grandes entreprises, et que tout homme, dont les vues sont droites, légitimes et conformes aux lois divines et humaines, est presque toujours assuré du succès de sa négociation.

Béni soit à jamais le saint nom de Jésus.

SIGNIFICATIONS DES TONNERRES.

En janvier. Chaleur, abondance de fruits, et grands vents.

En février. Grande mortalité.

En mars. Grands vents, peu de fruits, querelle et noise.

En avril. Grande joie et plante de fruits.

En mai. Famine, et peu de fruits.

En juin. Abondance de blés et autres grains.

En juillet. Perte de cochons et agneaux gras.

En août. Joies, prospérités, et beaucoup de maladies.

En septembre. Grande plante de blés, fruits et richesses.

En octobre. Grands vents, pluies et bonnes vendanges.

En novembre. Longue paix, amitié et douceur.

En décembre. Plante de fruits, et grande guerre.

LA GLOIRE DE DIEU SUR TOUT.

Fin du présent livre des prophéties perpétuelles.

Fait, pour la première fois, à Saint-Denis en France, l'an de Notre-Seigneur 1268, et du règne de Louis IX, notre très-pacifique roi, le quarante-deuxième, par moi THOMAS-JOSEPH MOULT, astronome et philosophe, natif de Naples.

FIN.

Le lecteur est prié d'observer qu'en 1268, temps auquel l'auteur a composé son ouvrage, l'année commençait par le mois de mars, suivant le calendrier de Jules César, par conséquent janvier et février en faisaient la clôture ; et que ce n'est que depuis la correction du pape Grégoire XIII, en 1582, que l'année a commencé par le mois de janvier.

LES

PROPHÉTIES OU PRÉDICTIONS

PERPÉTUELLES

COMPOSÉES PAR PYTHAGORAS

ET PLUSIEURS ANCIENS PHILOSOPHES

POUR L'UTILITÉ DES MARCHANDS, LABOUREURS ET VIGNERONS,

AVEC UN TRAITÉ FORT CURIEUX

De la bonne et mauvaise fortune des enfants sous les douze signes du zodiaque.

AU LECTEUR CURIEUX.

Pronostication nouvelle,
Des anciens laboureurs m'appelle;
Je fus de Dieu transmise aux vieux,
Qui m'ont approuvée en tous lieux,
Comme je dirai mots à mots ;
Les anciens ne sont pas sots.
Achète-moi quand m'auras vûs,
Pour mieux en être convaincus,
Je te donne cette doctrine,
Qui te vaudra d'or une mine,
Bien hardiment sur moi te fonde,
Car je dure autant que le monde,
Aussi je veux bien avertir,
Que point ne te voudrais mentir.

PRONOSTICATION
DES BIENS DE LA TERRE.

PRÉDICTIONS SUR CHAQUE ANNÉE.

Si le premier jour de l'an se trouve le dimanche, cette année, l'hiver sera doux, le printemps humide, l'été et l'automne venteux.

Le blé sera à bon marché, il y aura suffisamment de bétail ; comme aussi abondance de pois, féves et autres légumes. Les vins seront bons ; mais les fruits des jardins périront. Il y aura plusieurs désordres et beaucoup de larcins se commettront ; cependant les rois et princes chrétiens seront en paix.

Si le premier jour de janvier se trouve le lundi, cette année, l'hiver sera commun, le printemps et l'été humides, avec inondation d'eau en plusieurs cantons. Il régnera de grandes et griéves maladies, avec plusieurs altercations de maux, par subsides, taxes et impôts. Il y aura sur la fin de l'année des glaces prodigieuses ; la vendange ne se trouvera pas bonne, les blés seront à prix commun, les mouches à miel mourront, et les nobles dames se trouveront dans de grandes tristesses et inquiétudes.

Si le premier jour de janvier est un mardi, cette année-là, l'hiver sera grandement froid, et rempli de neiges et brouillards, le printemps et l'été fort humides, l'automne sec, la récolte sera abondante en toutes choses. Le froment sera à un prix modéré, et la vendange moyenne. Il y aura peu de bétail. Il y aura très-peu de paysans malades et les médecins n'auront presque rien à faire, les troupeaux auront de magnifiques toisons et les laines se vendront bien.

Si le premier jour de janvier est le mercredi, cette année, l'hiver sera doux; le printemps humide, l'été beau, l'automne attrempée. Les blés seront bons et à juste prix ; il y aura du vin en abondance, mais très-grande discorde entre les gens de lettres ; toutefois ils profiteront et feront bons fruits de leurs études. Le temps sera fort enclin aux fièvres malignes, qui attaqueront dangereusement le jeune sexe féminin. Il n'y aura presque point de miel : les jeunes gens tomberont dans de grands inconvénients.

Si le premier jour de janvier est le jeudi, cette année, l'hiver sera attrempé, et le printemps venteux, l'été chaud, l'automne belle et pluvieuse : il y aura abondance de fruits. Le chanvre et le lin seront hors de prix. Il y aura des pommes en abondance ; mais peu de miel. Pour l'huile, elle sera à bon prix. Il y aura peu de bétail ; mais il y aura du blé en abondance. Plusieurs rois et princes seront en paix générale.

Si le premier jour de janvier est un vendredi, cette année, l'hiver s'avancera, le printemps sera bon ; l'été et l'automne seront assez secs, les blés et vins seront à bon marché. Le mal des yeux régnera. La plupart des enfants mourront. Il y aura guerre, batailles et meurtres. L'on ira d'un royaume à l'autre pour se narguer. Les bêtes farouches périront.

Si le premier jour de janvier est un samedi; l'hiver sera venteux, le printemps beau, l'été variable et humide, l'automne sec, le froment sera cher et la vendange très-rare. Il régnera beaucoup de fièvres tierces et quartes. Mortalité de vieilles gens. Il y aura passablement de bétail et beaucoup de fruits; en un mot, les incendies seront très-communs, et causeront des pertes considérables à plusieurs provinces.

AUTRES RÈGLES POUR LA CONNAISSANCE DES BIENS QUI CROISSENT SUR LA TERRE.

La nuit du premier jour de janvier belle et sereine, c'est-à-dire sans pluie ni vent ou autre insigne commotion d'air, signifie bonne année et abondance de tous biens. Si c'est avec vent occidental, mortalité de bétail; vent oriental, grands troubles, guerres et dissensions entre les rois et les princes; avec vent méridional, que plusieurs gens mourront; avec vent septentrional, que la stérilité sera fort à craindre.

PRÉSAGES DE LA PLUIE, TIRÉS DU SOLEIL.

Si le soleil est bien rouge en se levant, marque de vent et de pluie.

S'il pleut lorsque le soleil se lève, il pleut ordinairement tout le jour.

Si en se levant on voit paraître à l'entour du soleil de longues raies, cela marque que la pluie n'est pas loin.

Si lorsqu'il se lève il y a beaucoup de taches sur son visage, marque de pluie.

Si en se levant il est environné d'un cercle, et que ce cercle s'ouvre d'un côté, il fera de grands vents de ce côté-là.

S'il paraît bleu en se levant, de couleur de feu ou sanguin, vents occidentaux.

Si en se levant il est entouré de nuées fort rouges, il ne pleuvra que le lendemain.

Si en se levant il y a autour des rayons une petite nuée obscure, marque de pluie.

S'il paraît pâle toute la journée, de la pluie au plus tard le lendemain.

S'il paraît petit et rond comme une boule, marque de pluie et tempête.

Si le soleil pendant le jour paraît noir et obscur, marque de pluie et tonnerre.

Si en se couchant il est enveloppé d'une nuée noire, pluie et brouillard.

S'il se couche avec de grands rayons vers la terre,

pluie ou neige pour le lendemain, suivant la saison.

Si en se couchant ou autrement, il est caché d'une nuée jaune ou un peu rousse, pluie.

PRÉSAGES DU BEAU TEMPS, TIRÉS DU SOLEIL.

Quand le soleil se lève, si les nuées vont du côté de l'occident, beau temps.

Si en se levant il est pur et net, et qu'il ne soit pas plus grand qu'à l'ordinaire, et qu'il n'ait pas ses rayons rompus, beau temps.

Si lorsqu'il se lève il est environné d'un cercle, et que ce cercle se dissipe, c'est une marque évidente de beau temps.

Si on voit, avant que le soleil se lève et dans le même endroit un petit brouillard, marque de beau temps.

Si au point du jour le ciel est bordé d'un cercle blanc ou doré aux extrémités de l'horizon, et la basse région de l'air mouillée de rosée, qui se fait voir dans les vitres des fenêtres, marque de beau temps.

Lorsqu'il y a beaucoup de rosée le matin, que le soleil est serein, beau temps.

Si en se couchant il est clair et net sans brouillard, et que l'on voie à l'entour de petites nuées rouges, séparées les unes des autres, marque de beau temps.

PRÉSAGES DE LA PLUIE TIRÉS DE LA LUNE.

Lorsque la lune se lève, particulièrement le troisième jour qu'elle est nouvelle, ou au commencement du premier quartier, si elle est noire, obscure, épaisse, pâle, bleue, livide, ou d'une couleur tirant sur le vert, c'est une marque de pluie et tempête.

Si, le troisième ou quatrième jour qu'elle est nouvelle, elle a les cornes rebroussées, ou obscures, et que la corne d'en bas regarde au premier quartier et celle d'en haut au dernier quartier, marque de pluie.

Si le cercle de la lune est rouge, c'est signe de mauvais temps.

S'il est au plein, et qu'il y ait quelque chose à l'entour, marque de pluie.

Si à l'entour de la lune il paraît deux ou trois ronds, particulièrement quand ils sont de couleur noire, livide, et embrouillée, marque de pluie.

Si, lorsque la lune se renouvelle, le temps est chargé et obscur, marque de pluie.

Si le premier jour de la lune le vent est violent, marque de tempête.

Si la lune ne paraît point du tout vers le quatrième jour de son renouveau, le temps sera obscur et pluvieux le reste de la lune.

S'il pleut le premier mardi après la pleine lune, il continue de même tout le reste de la lune ; il en est de même s'il fait beau temps.

Le même temps qui se fait trois jours après la pleine lune, continue du moins pendant deux jours. Et le dix-septième jour de la lune qui est presque le deuxième après qu'elle est pleine, il pleut ordinairement ; comme aussi deux jours devant ou après la nouvelle lune.

PRÉSAGES DU BEAU TEMPS, TIRÉS DE LA LUNE.

Si la lune est rouge lorsqu'elle se lève, cela pronostique du vent en hiver, et en éte une grande chaleur, particulièrement si elle l'est du côté qu'elle n'est pas éclairée.

Si elle est bien claire quand elle se lève, beau temps en été, et en hiver grand froid.

Si trois jours devant ou après sa conjonction en son quartier, elle a une petite et pure lumière, cela dénote le beau temps.

Si trois ou quatre jours après qu'elle est nouvelle, elle se montre nette, beau temps.

Lorsqu'elle est dans son plein, si elle paraît claire et nette, marque de beau temps.

Lorsque, dans son croissant, elle paraît nette et sans tache, beau temps ; mais si elle est fort rouge, marque de vent.

Si l'halo, c'est-à-dire le cercle qui paraît autour de la lune, se dissipe, beau temps.

Lorsque la lune a double halo, tempête.

PRÉSAGES DES ÉTOILES.

Quand les étoiles paraissent plus grosses qu'à l'ordinaire, marque de pluie.

Lorsqu'elles paraissent nébuleuses ou obscures, et qu'il n'y a point de nuées au ciel, pluie ou neige, suivant la saison.

Quand elles sont environnées de fumée ou brouillard, marque de vent froid.

Et quand elles sont claires et étincelantes, froid en hiver et beau en été.

POUR CONNAITRE LA DISPOSITION DE L'HIVER.

Prenez la poitrine d'un canard en automne ou après, 'et regardez-la bien ; car si elle est blanche partout, cela signifie que nous aurons un hiver médiocre. Et si elle est au commencement rouge et après blanche, cela signifie que nous aurons de grands froids au commencement de décembre. Et si elle est devant et derrière blanche et au milieu rouge, cela signifie grand froid au milieu de l'hiver. Et si elle est rouge vers le bout de derrière, cela signifie que nous aurons l'hiver à la fin.

PRÉSAGES DES GELÉES BLANCHES.

Notez, qu'autant de gelées blanches qui arriveront avant le jour de Saint-Michel, et autant de jours après, le même nombre de gelées blanches arrivera avant la Saint-Georges, ou autant de jours après.

POUR CONNAITRE QUEL TEMPS IL FERA CHAQUE SEMAINE DE L'ANNÉE.

Nos anciens laboureurs pour se régler dans leurs affaires pendant chaque semaine, prenaient garde quel temps il faisait le dimanche, depuis environ sept heures jusqu'à dix heures du matin; car si pendant ce temps il pleut, la plus grande partie de la semaine il tombera de l'eau. Et s'il fait beau, la semaine aussi par conséquent s'en sentira.

REMARQUES VÉRITABLES DES POMMES DE CHÊNE.

Prenez une pomme de chêne, quand elles seront mûres, après la Saint-Martin, ouvrez-la, s'il y a un petit ver dedans, cela signifie abondance de biens, s'il y a une mouche dedans, cela signifie guerre, et s'il y a une araignée, mortalité l'année suivante.

LES ANCIENS LABOUREURS DISAIENT POUR CONNAITRE LA FERTILITÉ DE L'ANNÉE, LES VERS SUIVANTS.

Soigneux seras sur le printemps nouveau,
Quand le noyer produit fleurs au rameau,
Diligemment contempler et prévoir,
Si nous pouvons de lui grands fruits avoir;
Car s'ensuivront les blés et labourages,
Produisant biens à tous nos avantages.

Mais si pour fruit tu lui vois rendre,
Paille pour grain au vrai pourra attendre.

AUTRES REMARQUES SUR L'ANNÉE.

Si le jour de Saint-Paul le couvert,
On voit un beau temps découvert,
L'on aura pour cette raison,
Du blé et du vin à foison.
Et si ce jour fait vent sur terre,
Nous signifie avoir la guerre;
S'il pleut ou neige sans faillir
Le cher temps nous vient assaillir.
Quand de nielles, bruines et brouillards,
Ce jour la terre est couverte,
Selon le dit de nos vieillards,
Mortalité nous est ouverte.

DE LA VIGNE.

Le vigneron me taille,
Le vigneron me lie,
Le vigneron me baille
En mars toute ma vie.

DE L'ABONDANCE DU VIN.

Prends garde au jour de Saint-Vincent,
Car si ce jour tu vois et sans
Que le soleil soit clair et beau,
Nous aurons du vin plus que d'eau.

DE LA CHERTÉ DES BIENS DE LA TERRE.

Pour connaître combien vaudra
Le quart de blé il te faudra
Tirer un grain germé de terre,
Et puis compter sans plus t'enquerre
Combien de racines il aura;
Car autant de lois (1) il vaudra.

AUTRE.

Tant que dure la rousse lune,
Les biens sont sujets à fortune.

AUTRE.

Si la pluie de Pâques continue,
Le fruit de la terre diminue.

REMARQUES SUR LES MOISSONS.

Du jour de Saint-Médard en juin,
Le laboureur se donne soin;
Car les anciens disent: S'il pleut,
Que quarante jours durer il peut.
Et s'il est beau, sois tout certain
D'avoir abondamment du grain.

AUTRE.

Du jour de Saint-Jean la pluie
Fait la noisette pourrie.

(1) Loys, Louis.

OBSERVATIONS SUR LES PATURAGES DES BÊTES.

Selon les anciens, on dit :
Si le soleil clairement luit
A la Chandeleur, vous verrez
Qu'encor un hiver vous aurez :
Partant, gardez bien votre foin,
Car il vous sera de besoin ;
Par cette règle se gouverne
L'ours qui rentre dans sa caverne.

DES SAIGNÉES.

Saignée du jour Saint-Valentin
Fait le sang net soir et matin ;
Et la saignée du jour devant
Garde de fièvres en tout l'an.

AUTRE.

Le jour Sainte-Gertrude bon se fait
Faire saigner du bras droit ;
Celui qui ainsi le fera,
Cette année les yeux clairs aura.

AVERTISSEMENT SUR LA SAIGNEE.

Celui qui sera saigné les dix-neuf, vingt-quatre et vingt-sixième jour de mars, ou le premier jour d'août, et le dernier jour de juillet, même le premier jour de décembre, soit homme ou femme, il mourra ou il aura une grande maladie. Et les enfants qui seront nés en ces jours susdits seront ma morigénés.

REMARQUES SUR LA NAISSANCE.

Toutes personnes qui se trouvent être nées sur les jours et les nuits ci-après nommés, qui est le jour de Saint-Mathias, Saint-Hippolyte et le trentième jour de janvier, on dit que les corps d'iceux ne sont pas sitôt consommés que les autres après leur mort.

MOIS OU L'EAU N'EST PAS BONNE A BOIRE.

Boire eau point ne devez au mois où l'R trouverez, qui sont janvier, février, mars, avril, septembre, octobre, novembre, décembre, lesquels mois l'eau n'est pas profitable à boire pour la santé du corps humain.

PRÉSAGES DES BONNES OU MAUVAISES ANNÉES, TIRÉS DE LA LUNE.

Quand le jour de Noël vient à la lune croissante, il sera un bon an; et d'autant qu'il sera près de la nouvelle lune, d'autant sera l'an meilleur. Mais s'il vient au décroissant de la lune, l'an sera âpre et rude; et tant plus près sera le décroissant, tant pis sera.

ANCIENNES OBSERVATIONS DU MOIS DE MAI.

Regarde bien, si tu me crois,
Le lendemain de Sainte-Croix,
Si nous avons le temps serein ;
Car on assure pour certain
Que quand cela est, Dieu nous donne
L'année ordinairement bonne ;
Mais si le temps est pluvieux,
Nous aurons l'an infructueux.

AUTRE.

Si Jacques l'Apôtre pleure,
Bien peu de glands il demeure.

OU BIEN.

A Saint-Jacques si on voit la pluie,
Madame dit : Adieu mes coings ;
Et si le lendemain n'essuie,
Encor en cueillera-t-on moins.

AUTRE.

Tel ne sait que c'est de vendre vin,
Qui n'attend du mois de mai la fin.

OBSERVATION SUR LA CANICULE.

Dès le mois de juillet, le Chien ardent, nommé la Canicule, commence à se lever avec le soleil; Galien dit qu'il se faut bien garder pendant ce temps-là de saigner un malade, quoiqu'il soit en âge vigoureux et la maladie grande; car l'on sent la force de cet astre sur tout autre, et nous voyons par expérience que les chiens enragent ordinairement durant le cours de cette étoile. C'est pourquoi les anciens Romains tenaient ces jours si dangereux, qu'ils avaient institué une fête à l'entrée d'iceux, où l'on sacrifiait un chien pour apaiser sa fureur, comme dit Ovide en ses Fastes; de manière qu'aujourd'hui les plus prudents médecins suivent le conseil des vieux pères.

AUTRE.

On disait anciennement, quand il pleuvait le quinzième jour d'août, qui est le jour de l'Assomption de Notre-Dame, que nous aurions une moindre vendange; au contraire, s'il fait beau, elle sera riche. On dit de même de la Saint-Barthélemy.

AUTRE RÈGLE.

Si aux calendes de janvier il tonne au ciel, c'est une marque qu'il y aura plusieurs vents chauds, et beaucoup de blés, mais grandes guerres à venir.

S'il tonne aux calendes de février, il y aura des maladies pestilentielles, spécialement entre les riches.

Si aux calendes de mars sont faits tonnerres, cette année sera abondante en froment et autres fruits de la terre.

Si aux calendes d'avril il tonne, cela signifie que cette année doit être fructueuse et joyeuse en toute chose. Pareillement paix et abondance de tous biens.

S'il tonne aux calendes de mai, signifie qu'en cette année il y aura grande pauvreté et famine, avec guerres et batailles.

S'il tonne aux calendes de juin, cela manifeste que l'année sera sujette aux batailles et séditions. Il régnera aussi mortalité soudaine, avec plusieurs autres maux.

Si aux calendes de juillet se font tonnerres, signifie que cette année sera abondante en blés et vins; mais le bétail et les mouches à miel seront en grand danger.

Si aux calendes d'août se font tonnerres, signifie que cette année sera très-commode pour la maturité des fruits, et surtout de la vigne, dont l'abondance remplira les caves.

Si aux calendes de septembre il tonne, signifie que cette année sera abondante en toutes sortes de malices, et qu'il y aura des batailles et occisions d'hommes.

S'il tonne aux calendes d'octobre, c'est une marque que l'année sera grandement venteuse, les vivres à bon marché, mais peu de fruits.

Si aux calendes de novembre il fait du tonnerre, cela signifie que cette année sera abondante en [illegible] choses et paisible.

S'il tonne aux calendes de décembre, l'année sera semblable à la susdite en tous biens, avec joie et tranquillité.

QUAND IL EST DIT DES CALENDES, L'ON ENTEND LE QUATRE PREMIERS JOURS DE CHAQUE MOIS.

Qui voit à Noël des moucherons,
Verra à Pâques des glaçons.

ANCIENNEMENT ON DISAIT.

Sept jours auparavant
Et sept jours en suivant
De Jésus la naissance
L'alcyon dénotait
Le repos qu'apportait
Au monde sa naissance.

TRAITÉ FORT CURIEUX

DE LA BONNE OU MAUVAISE FORTUNE DES ENFANTS SUR LES DOUZE SIGNES DU ZODIAQUE.

Janvier.

LE VERSEAU. — Du 22 janvier au 21 février.

L'enfant qui naîtra sous ce signe sera sujet d'avoir une jambe plus grosse que l'autre, le tempérament sanguin, fort colérique, et journalier. Ce signe leur donnera l'avantage d'être fort discrets, d'un esprit subtil, bien disant et avantagés de la fortune ; mais d'une santé fort infirme. Les années périlleuses seront 8, 33, 42 et 80.

Février.

Les Poissons. — Du 22 février au 22 mars.

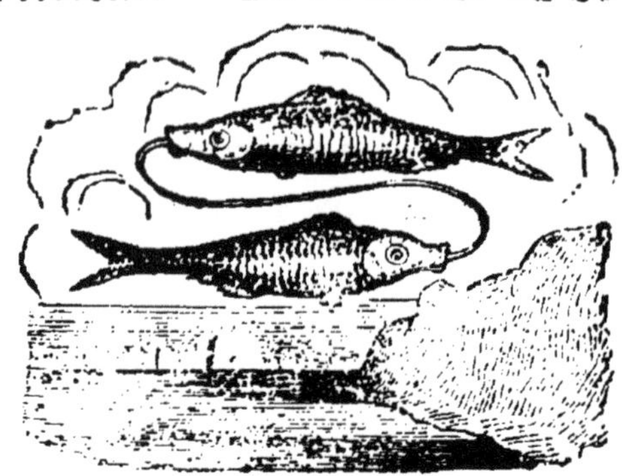

L'enfant qui naîtra sous ce signe aura la poitrine large, la tête petite, le visage grand, le teint blanc, les yeux ronds, et de tempérament froid et humide, d'humeur sombre et flegmatique. Il aura dans sa jeunesse grands travaux, en sa vieillesse il sera homme de bien, quoique enclin pour les voyages. Les années périlleuses seront 15, 30, 58.

Mars.

Le Bélier. — Du 22 mars au 21 avril.

L'enfant qui naît sous ce signe a beaucoup de

cheveux crépus et blonds, d'un doux regard, petites oreilles, le col long, ayant beaucoup de feu, sujet à se mettre en colère, de bon jugement et juste au conseil, sera fort enclin à enseigner et à pratiquer des mariages. Il est bon, dans ce signe, de se faire saigner et purger. Les années périlleuses sont 12, 30 et 75.

Avril.

Le Taureau. — Du 22 avril au 21 mai.

L'enfant qui naîtra sous ce signe aura le front large, élevé, la face longue; des cheveux châtains, de gros sourcils, d'humeur sombre et mélancolique, fort couvert, sera sensuel au boire et au manger, sujet aux appétits de Vénus, affable en toutes choses, facile à accorder les grâces qu'on lui demandera; il sera chaste en sa vieillesse, souffrira beaucoup d'envie, et sera fort lent dans ses affaires. Il ne faut pas se faire saigner dans ce signe, ni prendre médecine ; mais il sera bon aux infirmes de changer d'air. Les années périlleuses de sa vie sont 12, 22, 33, 50 et 74.

Mai.

Les Gémeaux. — Du 22 mai au 21 juin.

L'enfant qui naîtra sous ce signe aura le corps médiocre, la poitrine large et une belle figure, il sera crédule et fidèle ; il se plaira à l'arithmétique et aux comptes des finances, sera de tempérament chaud et humide, affable et rempli de bonne grâce, aura une heureuse fortune, il sera beaucoup aimé, et fera volontiers plaisir aux autres. Il faut bien se garder de se faire saigner pendant tout ce signe, ni prendre médecine. Les années périlleuses de sa vie seront 9, 10, 15, 25, 33, 42.

Juin.

L'Écrevisse. — Du 22 juin au 21 juillet.

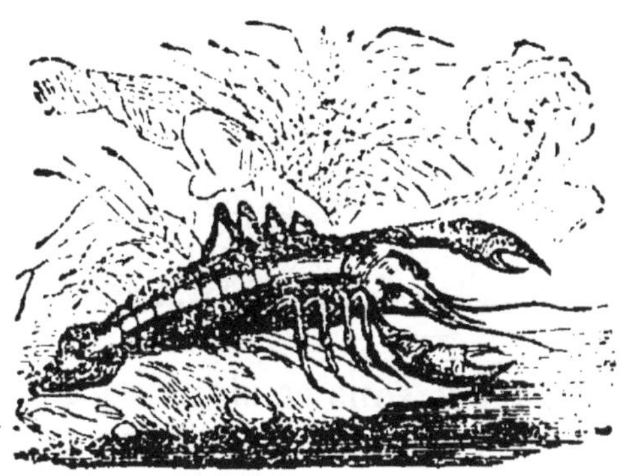

L'enfant qui naîtra sous ce signe sera de stature courte et de gros membres, les supérieurs seront plus gros, les épaules larges, les cheveux crépus et mêlés, les yeux petits, le tempérament froid et humide, efféminé, d'humeur sombre, fort dans ses sentiments, fâcheux en conversation, sera beaucoup pécunieux, mais son argent ne lui demeurera pas longtemps; sera dédaigneux, fier, changeant, avaricieux dans sa jeunesse, ingénieux à acquérir des biens. Il fait bon saigner en ce signe et prendre médecine. Les années périlleuses de sa vie seront 25, 32 et 71.

Juillet.

Le Lion. — Du 22 juillet au 21 août.

L'enfant qui naîtra sous ce signe aura bonne renommée, sera de bon jugement, d'une riche taille; il aura les membres supérieurs plus gros que les inférieurs, la poitrine large, sera colérique, d'un regard perçant, les jambes déliées, le menton large, de tempérament chaud. Il ne faut point se faire saigner ni prendre médecine dans le cours de ce signe. Les années périlleuses seront les 12, 24, 30, 41 et 75.

Août.

La Vierge. — Du 22 août au 21 septembre.

L'enfant qui naîtra sous ce signe sera doué de

bonnes qualités, aura de beaux talents, bien fait de corps, amateur de la vérité, non trompeur, d'un tempérament triste et mélancolique, froid et sec; mais, quoique efféminé, il sera prudent et miséricordieux. Les années périlleuses seront 26, 28, 52 et 65.

Septembre.

La Balance. — Du 22 septembre au 21 octobre.

L'enfant qui naîtra sous ce signe sera d'une belle figure, médiocre de corps, beau de visage, mais de couleur olivâtre, ordinairement bon chantre et fort éloquent, il sera amateur des femmes et sujet à luxure, aimera la justice et sera fâché du mal d'autrui. En ce temps, il ne faut s'appliquer aucun remède ni aux cuisses ni aux reins. Les années périlleuses sont 25, 36, 42 et 85.

Octobre.

Le Scorpion. — Du 22 octobre au 22 novembre.

L'enfant qui naîtra sous ce signe sera de stature basse et large, aura beaucoup de cheveux, beau visage, grandes jambes, marchera vite et sera grand railleur, il sera d'un tempérament froid et humide, d'humeur nocturne et frénétique, sera enclin aux batailles et à la guerre, quelques-uns même seront sujets à être larrons, capricieux, colériques et fâcheux. Il ne faut prendre aucun remède interne dans ce temps. Les années périlleuses seront les 14, 46, 61, 70 et 80.

Novembre.

Le Sagittaire.—Du 21 novembre au 21 décembre.

L'enfant qui naîtra sous ce signe sera de couleur pâle, aura de grosses et longues jambes, la face et la barbe longues, de vue subtile, cheveux blonds, de tempérament chaud, facile à se mettre en colère. Il sera bon de se faire saigner ; mais il ne faut prendre aucune médecine dans ce temps. Les années périlleuses seront la 8, 9, 19, 28 et 93.

Décembre.

Le Capricorne. — Du 22 décembre au 21 janvier.

Celui qui naîtra dans ce signe aura les jambes

menues, sera sec de corps, aura quelque ressemblance avec la chèvre, le visage maigre et en pointe, la barbe épaisse, sera sujet au mal de tête, avec une humeur fâcheuse. Il fait bon dans ce signe prendre médecine. Les années périlleuses de sa vie seront la 18, 32 et la 77.

PASSARD,

Libraire-éditeur, 7, rue des Grands-Augustins, à Paris.

VOLUMES IN-18 A 50 CENT.

Manuel du Bon Ton et de la Politesse........... 1 vol.
Académie des Jeux.............................. 1 vol.
Manuel d'apprentissage (choix d'un état)........ 1 vol.
Manuel du Secrétaire français, contenant des modèles de lettres, pétitions, formules d'actes, etc. 1 vol.
Le Jardin de l'Enfance, compliments, etc......... 1 vol.
Petit Guide-Manuel du Jardinier.............. 1 vol.
La Fleur des Gasconnades.................... 1 vol.
Bonapartiana, ou la Fleur des bons mots de l'empereur Napoléon Ier.............................. 1 vol.
Les mille et un Contes pour rire............... 1 vol.
Les mille et un Contes drôlatiques............. 1 vol.
Les mille et une Anecdotes comiques........... 1 vol.
Aventures drôlatiques du baron de Munchhausen, ou la Fleur des gasconnades allemandes. 1 vol.

VOLUMES IN-32 A 25 CENT.

BIBLIOTHÈQUE DES JEUX.

Traité illustré du Jeu de Billard............... 1 vol.
Petit traité du jeu de Whist.................. 1 vol.
Manuel du jeu de Piquet..................... 1 vol.
Manuel des jeux de Boston, etc............... 1 vol.
Manuel des jeux de Bezigue, d'Écarté et de Reversi.................................... 1 vol.
Petit Manuel des jeux de Bouillotte, Lansquenet, Brelan, etc .... 1 vol.
Manuel des jeux d'Impériale, Triomphe, Mouche, Rams, Vingt et un, Tontine, etc.......... 1 vol.

L'Art d'expliquer les Songes, illustré............ 1 vol.

OUVRAGES DIVERS, FORMAT CHARPENTIER ET A DIVERS PRIX.

M. BOITARD.

Guide-Manuel de la bonne compagnie......... 3 fr.
Les vingt-six Infortunes de Pierrot........... 3 fr.

Mme DE BAWR.

Soirées des jeunes personnes. 1 vol............ 3 fr.
Ouvrage couronné par l'Académie française.

Paris — Imp. de Dubuisson et Ce, rue Coq Héron, 5.

PARIS.—IMP. DE DUBUISSON ET Cie, RUE COQ-HÉRON, 5. 3210

www.ingramcontent.com/pod-product-compliance
Ingram Content Group UK Ltd.
Pitfield, Milton Keynes, MK11 3LW, UK
UKHW020915180726
13838UKWH00002B/568

9 782329 462585